無敵の別式女

古来稀《まれ》なる大目付 9

藤 水名子

時代小説

二見時代小説文庫

目次

無敵の別式女《べつしきめ》――古来稀《まれ》なる大目付9

無敵の別式女《べつしきめ》　古来稀《まれ》なる大目付9・主な登場人物

松波三郎兵衛正春《まつなみさぶろべえまさはる》…七十五歳にして大目付を拝命。斎藤道三《さいとうどうさん》の末裔と噂され蝮《まむし》とあだ名される。

桐野《きりの》……………三郎兵衛の身辺警護のために吉宗《よしむね》から遣《つか》わされたお庭番《にわばん》。

稲生正武《いのうまさたけ》（次左衛門《じざえもん》）…四名いる大目付の筆頭格。次左衛門は通称。

銀二《ぎんじ》……………「闇鶴《やみづる》」の銀二の二つ名で呼ばれた大泥棒。改心し三郎兵衛の密偵となる。

松波勘九郎正孝《まつなみかんくろうまさたか》…三郎兵衛の孫。三郎兵衛の仕事を手伝う銀二に感化され密偵の真似事に励む。

仁王丸《におうまる》…………伊賀《いが》の名門の出の忍《しのび》。盗賊一味黒霧党《くろきりとう》、大奥御用商人などの顔を持つ。

堂神《どうがみ》……………桐野の弟子だった元お庭番。「千里眼《せんりがん》の術」を使う。

千鶴《ちづる》……………嫁ぎ先と折り合いが悪く、離縁され大奥・別式女《べつしきめ》となった女。

《葵》《あおい》…………大奥の別式女の一番組の頭《かしら》を務める者を呼ぶ名。

雪絵《ゆきえ》……………別式女となった尾倉式部《おぐらしきぶ》の娘。武芸では男兄弟に負けぬ鐘馗《しょうき》のような大女。

《櫻》《さくら》…………別式女・二番組の頭の名。一番組の《葵》の格下にあたる。

朝蔵《あさぞう》……………三郎兵衛とは三十年の付き合いになる研ぎ師。神田鍛冶町《かんだかじちょう》の巴屋《ともえや》の主《あるじ》。

斎藤黒兵衛《さいとうくろべえ》…松波家に長く仕える老いた用人。

新島《にいじま》……………問題を起こし大奥を追放されたお中臈。

尾倉式部大夫《のたいふ》…二千石の大身旗本。

序

※

ザンッ！
白刃が、激しく爆《は》ぜる。
一撃の下に敵の体は頽《くずお》れた。
三郎兵衛《さぶろべえ》の一撃は、確実に一人の敵を葬《ほうむ》ってゆく。
「どぉりゃあ〜ッ」
雷鳴の轟くが如き怒号が、忽《たちま》ち山林の中を席巻した。
不意な襲撃ではあったが、三郎兵衛にぬかりはない。
抜刀する、即ち身構える。

最初の敵を斃《たお》すまでが、瞬《まばた》き一つする間のことだった。

「御前《ごぜん》ッ、ご無事でございますかッ」

という桐野《きりの》の叫びにも、あえて答える必要はない。見ればわかることだ。

敵の力量は、せいぜい中の上。

仮に三郎兵衛一人でも、確実に敵の半数以上を斃せるはずだった。

そこに、桐野も駆けつけてきた。

現れた刺客《しかく》の数は、ざっと二十数名だ。これまで経てきた修羅場と比べれば、ものの数ではない。

稲生正武《いのうまさたけ》が連れてきた供の者たちもいることであるし、寸刻とたたず、事態は収拾されるはずだった。

ところが——。

問題は、その稲生正武の供の者たちであった。稲生正武が精鋭揃いだと胸を張った者たちが皆、不意の襲撃に慌てふためいたために、大混乱を呈してしまった。

「すわ！　敵襲じゃ！」

「敵じゃ、敵じゃッ」

「と、殿をお守りするのじゃ！」

「お守りするのじゃーッ」

皆、狼狽《うろた》えて口々に叫ぶばかりで、全く機能してはいなかった。

中には、咄嗟《とっさ》に刀すら抜けぬ者さえいた。

殿をお守りすると言いながら、夢中で右往左往するもので、肝心の稲生正武の周囲からは忽ち人が離れてしまった。

(使えぬ奴らめ)

三郎兵衛は内心呆れ返りつつも、

(だから、あれほど言うたのだ)

素早く稲生正武の側《そば》に寄った。

刺客の標的が三郎兵衛である場合、それは非常に危険なことなのだが、無防備な稲生正武を敵の群れの中に放っておくわけにもいかない。

「ま、松波《まつなみ》様、こ、これは一体……」

「狼狽えるな、次左衛門《じざえもん》ッ。刺客に襲われることなど、容易《たやす》く予想できたであろうがッ」

「し、しかし、松波様……」

「落ち着け、次左衛門。無闇と動くでないぞ。すぐに終わる故、しばしじっとしておれ」

「し、しばしとは、ど、どれくらいのときでございます？」

「知らぬ。しばしはしばしじゃッ」

荒々しく言い放ちつつ、三郎兵衛は抜け目なく周囲に目を配った。

黒装束は、一度にかかってこようとはせず、ジリジリと間合いを詰めてくる。

「ひっ、ひゃあーッ」

つと、怯《おび》えた稲生正武が三郎兵衛の腰にしがみついてきた。目の前に、複数の抜き身が翳《かざ》されたのである。

「松波様ッ」

「これ、離せ、次左衛門ッ」

「いやじゃ！」

すがりつく稲生正武の両手に無意識の力がこめられる。三郎兵衛にくっついていれば安全だとでも思い込んでいるのだろう。

「おい、次左衛門ッ」

必死の力でしがみつかれると、さしもの三郎兵衛も多少焦《あせ》った。

そこへ、次の刺客の攻撃がきた。

「離せッ」

言いざま三郎兵衛は自ら踏み出し、そいつを一刀に斬り下げたが、稲生正武に邪魔されて思うように体が動かない。

「ええい、離さぬかッ」

振り払おうと身を捩《よじ》った途端、足下がふらついた。足場の悪い山道である。折悪しく、登り坂を登りきったところにいた。

「あぁっ！」

「危ないッ！」

強靭な下肢を誇る筈の三郎兵衛がふらついたのだ。稲生正武はそれ以上にふらつき、当然目の前の三郎兵衛に縋《すが》り付くことになる。

「と、殿ーッ」

「御前！」

呼んだところでどうにもならない。

「うわぁーッ」

「あぁぁぁぁ〜ッ」

三郎兵衛と稲生正武は、抱き合う恰好のまま、ともに急斜面を転がり落ちた。斜面の先には鬱蒼《うっそう》と茂る山林があり、ひと筋の谷川が流れている筈だった。

「焼けたぞ、次左衛門」

焚き火の炎が、ひときわ大きく爆ぜたところで、三郎兵衛は魚を火の中から取り出した。

皮がほどよく焦げ、よい匂いがする。

食欲をそそるに充分な芳香だ。

「ほれ、熱いうちに食うがよい」

と竹串に刺した焼き魚を差し出す三郎兵衛の手の甲には掻き傷のようなものが無数にある。小柄《こづか》で竹を削って手頃な竹串を作るのに少々手こずった。元々不器用ではないつもりだったが、はじめてのことだからまあ仕方ない。

だが稲生正武は差し出された焼き魚には手を出さず、無言で首を振った。

その顔は憔悴《しょうすい》し、瞳も空《うつ》ろだ。

地面を転がったときの痛みはとっくに癒えているが、依然として深く項垂《うなだ》れたままである。

「何故だ？　腹が減っているだろう」

炎に煽《あお》られてさえ青ざめて見えるその顔を、三郎兵衛は怪訝そうに覗き込む。

「減ってはおりませぬ」

「そんな筈があるか。もう半日近く、飲まず食わずではないか。食って精をつけねば体がもたぬぞ」

「食いとうございませぬ」

稲生正武は終始顔を背《そむ》けていた。

背を丸め、膝を抱え込むようにして座った姿は、迷子の幼児の如く見えぬでもないが、如何せん、稲生正武は稲生正武である。間違っても、愛らしいとは思えない。

「おい、次左衛門、よい加減にせいよ。折角儂《せっかくわし》が苦労して獲った魚を……」

「……すれば…ようございました」

僅《わず》かに開かれた口から、蚊《か》の鳴くような声音が漏れる。

「ん？　なんだ？」

無論三郎兵衛はそれを聞き逃さない。

「いまなんと言うた？」

「松波様の、仰有《おっしゃ》るとおりでございました」

「なにがだ？」

「松波様の仰有るとおり、それがしのような者は、斯様《かよう》な場に来るべきではございませなんだ」

「…………」

「あれほど松波様に止められましたのに、言うことをきかなんだので罰が当たったのでございます」

「左様なこと、今更言うても詮無《せんな》いであろう」

顔を顰《しか》め、厳しい口調で三郎兵衛は言い返した。

憔悴しきった顔で泣き言を吐き出す稲生正武は、正直なところ、鬱陶《うっとう》しい。全くもって本人の言うとおり、こうなったのも、自業自得《じごうじとく》だ。だから、憐れむつもりは毛頭ない。

「悔いておるなら、少しは儂の言うことを聞け」

「…………」

「さっさと食え。貴重な食い物を無駄にするでない」

稲生正武の手をとって強引に魚の串を持たせると、

「次はいつ食えるかわからんのだぞ」

自らも、火中の魚を摑みあげた。

「熱ッ」

顔を顰めながらも、腹のあたりにかぶりつく。川魚特有の香ばしさが忽ち口腔から鼻腔にかけて広がってゆく。

「大丈夫でございますか？」

稲生正武は恐る恐る問いかける。

「なにがだ？」

「見たこともない魚でございます」

「これは山女魚《やまめ》だ。美味《うま》いぞ。塩でもふればもっと美味かったであろうがの」

「あたりませぬか？」

「いやなら食うな。儂がもらう」

瞬く間に一尾を平らげた三郎兵衛の食いっぷりを見て、稲生正武は無意識に顔をあげて身を反らせた。いまにも魚を取り上げられる、と錯覚したのだろう。

「い、いただきまする」

慌ててひと口齧《かじ》り付くと、

「え？　こ、これは……存外美味でございますな。……それがし、川魚は鮎《あゆ》しか食したことがございませぬが、これは鮎にも匹敵する美味さ……」

忽ち顔色を変え、夢中で貪《むさぼ》り食べた。

(やれやれ……)

三郎兵衛は心中長嘆息した。

斜面を転げ落ちてから、どれくらいのあいだ気を失っていたかはわからない。ただ、陽の傾き加減でおよその時刻を知ることはできた。

それから更にときが経ち、既《すで》に日は暮れ落ちて、周囲は闇に包まれている。焚き火の炎が尽きぬあいだは互いの顔を見ることもかなうが、このままでは、もう一刻ともたずに燃え尽きるだろう。

暮《くれ》六ツ、いや、戌《いぬ》の刻は過ぎただろうか。季節柄、暮六ツならば未だ暮れきってはいない筈だ。

虫の鳴き音や鳥のかささぐ音がいやというほど、聞こえてくる。それが恐ろしいのか、稲生正武は常に小刻みに震えていた。

時折、ガサッと木々の枝葉を騒がせるのは、或いは鳥でも虫でもない生き物の仕業《しわざ》かもしれない。

稲生正武の体が無意識に震えてしまうのも無理はなかった。

かつて高尾《たかお》山中で遭難しかけたことのある三郎兵衛には、稲生正武の不安も怯えもよくわかる。三郎兵衛一人であれば、もっと歩きまわって様子を探りたいところであるが、稲生正武が一人にされることを嫌がり、一緒に来ようとするので、矢鱈《やたら》と動きまわるわけにはいかなかった。足下の覚束無《おぼつかな》い稲生正武がうっかり転んで足でも挫《くじ》けば、二倍足手纏《あしでまと》いになるからだ。

それ故三郎兵衛は、手近なところの枯れ枝だけを集め、魚を焼くための火を熾《おこ》すしかなかった。

「松波様」

「なんだ？」

「我ら、このまま、この山中にて朽ち果てるのでござろうか」

「馬鹿を言え。じきに誰かが来てくれるわい」

「しかし、斯様な仕儀となりましてから、いまにいたるも、誰も来ませぬ」

「そもそも、こういうときのために、うぬが大勢連れてきておるのではないのか。それに、陰からは伊賀者《いがもの》も警護して……」

「いいえ、松波様——」

稲生正武は強い語調で三郎兵衛の言葉を遮《さえぎ》った。

「確か、桐野……でしたか？　あの有能なお庭番が未だ現れぬのでございますから、それがしの手の者などは到底……」

言いかけて、だが稲生正武が途中で言葉を濁したのは、さすがに不吉な言葉を口に出すのが憚《はばか》られたためだろう。

言葉は、一旦口に出してしまえばその瞬間から、現実のものとなる。

(次左衛門め、なかなか鋭いではないか)

三郎兵衛は三郎兵衛で、心中密かに舌を巻いていた。

それは、三郎兵衛自身が最も気にしていたことだからにほかならない。

(それにしても桐野の奴、遅すぎるぞ)

苛立《いらだ》っていたのは、なにを隠そう三郎兵衛のほうであった。

高尾のときは、誰にも告げずにこっそり屋敷を出たのに、桐野はそれと察して尾行《つ》けて来ていた。今回は、稲生正武も同道することから万全を期し、はじめから警護するよう命じてある。

三郎兵衛と稲生正武は、誰も見ていないところで忽然と姿を消したわけではない。皆の見ている前で、急斜面を滑《すべ》り落ちたのだ。落ちた先がどのあたりか、見当もついているはずだ。それ故、あまり動きまわらず、落ちた先からほど遠からぬところで火を焚いたのだ。

（或いは、わざとか？）

三郎兵衛は密かに訝《いぶか》った。

なにか魂胆があって、敢えて放置しているのかもしれない。

だが、三郎兵衛は兎《と》も角《かく》、稲生正武をほったらかしにしてまでの企《たくら》みとは一体なんであろうか。今頃稲生正武の部下たち——とりわけ用人の井坂《いさか》などは、狂気の如く主人《あるじ》を捜しているはずだ。

（桐野め——）

三郎兵衛の脳裡に、ふとある考えが閃《ひらめ》くのと、気配を感じるのとが、ほぼ同じ瞬間のことだった。

（すわ！）

察したものの、三郎兵衛はその場で身を捩り、刀の柄《つか》でそれを払った。

カン、
と音を立てて地に転がったのは、簪《かんざし》に使う珊瑚玉《さんごだま》ほどの大きさはある金属製の鋲《びょう》であった。四辺が鋭く尖っている。

おそらく、忍びが用いるものだろう。

「次左衛門、伏せろッ」

低く叫ぶと同時に、三郎兵衛自身は跳躍した。

しゃわッ、
大量の水が飛沫《しぶ》くような音とともに、抜刀された三郎兵衛の切っ尖がなにかを弾く。

ザーッ、
それは、まさしく鋲の雨であった。

大量の鋲が、そのとき稲生正武めがけて打ち撒かれたのである。その鋲の雨を、三郎兵衛は刀を薙刀《なぎなた》の如く旋回させることで、悉《ことごと》く叩き落とした。

「ま、松波様ーッ」

稲生正武の悲鳴は鋲の雨音によって容易くかき消された。

すべての鋲を瞬時に払い除《の》けた三郎兵衛は、空中で無意識に身を捩った。そうしないと、頭上の木の上から落ちてくる何者かの体と接触してしまいそうだったのだ。

どずッ……

三郎兵衛の脇《わき》を掠《かす》めながら落ちてきたそいつは、そのまま真っ直ぐ、頭から地面に激突した。

落ちる以前に、既に事切れていたらしい。

つまり、死骸が上から落ちてきたのである。

続いて、同じ木の上から、音もなく桐野が降り立つ。

「遅くなりまして……」

「遅いぞ、桐野」

三郎兵衛は厳しく叱責したが、

「申し訳ございませぬ。御前を襲った者どもの掃討に、思いの外《ほか》手間取りまして――」

桐野は一向に悪びれない。

涼しげな桐野の顔が、小面《こづら》憎く思えたことはこれまでにも何度かあったが、その甚《はなは》だしさはいまが最高潮だと三郎兵衛は感じた。

「桐野、貴様――」

「申し訳ございませぬ」

「矢張《やは》り儂らを囮《おとり》にしおったな」

「…………」

低く耳許《みみもと》に囁かれた言葉に、もとより桐野は反応しない。

「図星であろう」

更に声を低めて追及すると、僅かに口許が弛《ゆる》む。

（こやつ——）

三郎兵衛の怒りが極に達する寸前、

「寄せ手の数は、全部で二十。……そのうち二人を取り逃がしました。逃げたのが一人であれば、或いはそのまま逃走したやもしれませぬが、二人なれば、互いに励まし合って目的を遂げようとするかもしれませぬ」

三郎兵衛にだけ聞こえる押し殺した声音で、桐野が言った。

「つまり目的とは、儂を殺すことか？」

「御前か、下野守《しもつけのかみ》様か、或いはお二方とも、か……」

「…………」

「ここで片づけておかねば、面倒な敵と判断しまして、お怒りを覚悟で斯様な無礼を。……申し訳ございませぬ」

「もう、よい」

三郎兵衛の怒りが瞬時に鎮まったのは、桐野の声音が、珍しく狼狽えているように聞こえたからだ。

（頭の上に鋲を撒くなど、お粗末な奴らだと思ったが、それほどの手練《てだ》れであったか）

三郎兵衛は内心舌を巻いたが、

「正体が、わかりませぬ」

その心の声に答えるように桐野が言葉を継《つ》ぐ。

「伊賀者ではないのか？」

「はじめは伊賀者かと思われましたが、どうも妙な技を使います。或いは伊賀者ではないのかもしれませぬ」

「では、何者だ？」

「よく…わかりませぬ」

「なに？」

三郎兵衛は耳を疑った。

忍びや隠密関係のことで、桐野にもわからぬことがあるのか。

「だが、二人とも斃したのであろう？」

「いえ、一人はわざと逃がしました。あとを追わせております」

「確かに、鋲を撒くとは妙な技だ。あんなもので人が殺せるのか？」

「あの鋲には、一つ一つにトリカブトが塗ってございました。膚《はだ》を掠って僅かに傷ついただけでも死にいたります」

「…………」

三郎兵衛が黙り込んだのは、己の体に、鋲でついた傷がないかを確認するためだった。肌脱ぎになって確認すれば手っ取り早いが、桐野の前でそんな体裁の悪い真似はできない。体勢を変えず、着物の中でそれとなく探った。

(大丈夫だ。……体の何処にも当たってはおらぬ)

三郎兵衛が密かに安堵するのと、

「殿！　殿！　ご無事でございますかッ！」

稲生正武の家臣——おそらく用人の井坂のものと思われる歓喜の声音が闇に響くのがほぼ同じ瞬間のことだった。

耳に馴染みのあるその声を、三郎兵衛は心底疎《うと》ましいものに感じた。


(そもそも、此度《こたび》の道中に稲生正武が同道することに、無理があったのだ)

三郎兵衛が心中密かに憤《いきどお》っていると、

「しかし、これではっきりいたしましたな、松波様」

稲生正武が唐突に言った。

井坂をはじめ、己の手の者たちに囲まれて、すっかり落ち着きを取り戻したようだ。

いつものこの男の不貞不貞《ふてぶて》しい顔つきに戻っている。

「わかりましたぞ、松波様」

「なにがわかったのだ？」

「何やつかが、天領の山林より木を伐り出し、盗んでいるということが、これではっきりしたではありませぬか」

「…………」

一瞬間沈黙してから、

「何故そういうことになるのだ？」

渋い顔つきで三郎兵衛は問い返した。

「これはしたり」

すると忽ち、稲生正武の満面が得意気に輝きだす。なにか巧《うま》い思案が思い浮かんだときの、この男の表情だ。

「松波様のお言葉とも思えませぬ」

「なにがだ」

「検分にまいった我らの命を狙ったのが、なによりの証拠ではございませぬか」

三郎兵衛は返事をせず、足場の悪い山道を無言で歩いた。

「これより後は、何者が斯様に不届きな真似をしておるのか、しかと調べねばなりませぬ」

足下の定かならぬ暗い山中をまたぞろ徒歩で進まねばならぬというのに、稲生正武は最前までとは別人のように活気づいていた。

「忙しゅうなりますな、松波様」

どこか楽しげな声音で話しかけられても、三郎兵衛は答えなかった。

(なにかでっちあげるつもりらしい)

ということは即座に察せられたが、残念ながら詳しいことはさっぱりわからない。わからないが、特段知りたくもない、とも思ってしまうことが問題だった。

稲生正武の企みは気になるが、積極的に知ろうとも思わない。

それが何故なのか。もとより三郎兵衛にはその理由が薄々察せられていたが。

第一章　山盗っ人

一

「天領の山林の木が盗まれているらしい、だと？」

三郎兵衛は、思わず鸚鵡返《おうむがえ》しに問い返した。

だが己が口にした言葉の異様さに気づき、しばし絶句する。しかる後、

「どういうことだ？」

重ねて問い返した。

「目安箱に投書があったのでございます」

無論稲生正武は三郎兵衛の反応にはお構いなしに淡々と言葉を継《つ》ぐ。

「それは、わかっておる。山林の木が盗まれている、とは一体どういうことなのか、

と訊いておる」

「どうもこうも、そのままの意味でございます。何者かが天領の山林から勝手に木を伐り出し、こっそり持ち出しているのでございます。由々《ゆゆ》しき問題ですぞ」

「一体なんのために、左様なことをするのだ？」

稲生正武に向かって、三郎兵衛は真顔で問うた。

いつもの芙蓉之間《ふようのま》。

いつもの、大目付二人の他愛ない世間話である。少なくとも三郎兵衛はそのつもりだったが、どうも雲行きが怪しい。

「もとより、売り払って利を得るためでございましょう」

答える稲生正武もまた、当然真顔である。

「利を得るほどの高値で売り払うには、材木の形にせねばなるまい。生木のまま伐り出した木を、すぐに使える材木とするまでには、手間もときもかかりすぎる。割に合わん。金が欲しくば、手っ取り早く金蔵へ盗みに入ればよい」

勘定奉行を経験している三郎兵衛には、一応製材の知識もある。山に生えている木を、一本二本伐って盗んだところで、それが即ち利に繫がることはない。

先ず、木などという、思いきり嵩張《かさば》るものを盗む、という発想自体に無理がある。

「そもそも、伐り出した木を、どうやって山から運び出すというのだ？」

「そんなもの、どうとでも、運べましょう。それこそ、墨俣《すのまた》の一夜城よろしく、筏《いかだ》の如くに川に流せばよろしゅうございます」

「それほどの大仕事、一人や二人でできるものではない。かなりの大人数が必要になるぞ」

「それが、どういたしました？」

「どう…と言うて、大人数で繰り出せば、目立つではないか」

「目立てば如何相成《いかがあいな》ります？」

「目立てば、それだけ人目につきやすい。天領の山林なれば、定期的に見廻ってもいよう」

稲生正武の執拗さに嫌気がさし、やや怒りを含ませつつ三郎兵衛は言い返したが、

「確かに、定期的な見廻りはございましょう。なれど、四六時中厳重に見張っておるわけではございませぬ」

稲生正武は一向平然としていた。

「ですから、やろうと思えば、できぬことはございませぬ」

「そうかもしれぬが……」

稲生正武の語調は強く、三郎兵衛は俄然弱気になった。

(次左衛門め、どういうつもりだ)

日頃目安箱への投書などには無関心な稲生正武の口から発せられたということが、一層三郎兵衛を戸惑わせている。

同じ内容の投書なら、三郎兵衛も何度か目にしていた。だが、天領の山林から、密かに木が盗まれている、というその内容には、殆《ほとん》ど心が動かされなかった。

稀代《きたい》の名木とでもいうなら話は別だが、山の木が一、二本伐られたところで、どうだというのだ。

「由々しき問題でございます」

稲生正武は熱心に訴えるが、三郎兵衛には全く響いてこない。

もし仮に、そういう盗っ人が存在し、天領の木を大量に奪い取っているのだとしても、ではその盗っ人を是が非でも捕らえねば、という気にはなれなかった。何故なら、木を切り倒すなどという大変な労働を厭《いと》わぬ盗っ人など、どう考えても極悪人とは思えなかったのである。

(大方、地元の樵夫《きこり》が、暮らしに困ってやったことだ。大目付が乗り出すほどの仕事か)

という本音を口に出すのは流石《さすが》に憚《はばか》られるので、その舌鋒は全く冴えない。

「ならば、お庭番にでも調べさせればよいではないか」

「勿論、調べさせました」

得たりとばかりに意気込んで稲生正武は言い、三郎兵衛はいよいよ気圧《けお》されたが、

「し、調べさせたのか？」

「調べさせましたが……」

それまで変わることのなかった稲生正武の口調が、不意に煮え切らぬものになる。

「どうした？」

三郎兵衛は当然訝《いぶか》る。

「それが……よく、わかりませんでした」

「え？」

「お庭番たちは、山林の元の姿を知りませぬ故、いまの山林を見ても、元と同じかどうか、わかりかねたようでございます」

「なるほど」

納得顔に頷きながら、

(当たり前だ、大阿呆《おおあほう》。なんでもかんでも、お庭番を使えばよいというものではない

わ）

内心三郎兵衛は大喜びしていた。

咄嗟《とっさ》に喜びの表情を隠したのは、無論稲生正武への配慮である。

「弱りました」

本気で弱りきっている稲生正武のために、せめて案じ顔でなにか言ってやるのが大人の気遣いというものだ。

「では、林《はやし》奉行を行かせるか。……だが、林奉行は勘定奉行の配下なので、大目付から直接命を下せば、いい顔はされまいな。さて、困ったのう」

慈父の如き表情で三郎兵衛は言ったが、

「林奉行をつかわしたとて、よくわからぬかと存じます」

にべもなく、言い返された。

「なに？」

「盗まれた木が、十本以上に及べば、或いはわかるかもしれませぬ。が、一、二本であれば、林奉行でもわかりかねましょう」

「盗まれたのは一、二本なのか？」

「それはわかりませぬ」

「それでは、盗まれたかどうかもわからぬではないか」

「………」

「話にならんな」

三郎兵衛は慈父の仮面をあっさりかなぐり捨て、冷ややかに言い放った。

「そもそも、なんの根拠もない目安箱の投書を本気にするなど、うぬらしくないぞ、次左衛門」

「これはしたり――」

だが稲生正武は再び顔色を変え、三郎兵衛に言い返してくる。

「目安箱の投書を、なんの根拠もない、とは松波様のお言葉とも思えませぬ」

「………」

「一見益体《やくたい》もなく思える匿名の投書でも、それが真実であるならば、真偽を確かめる術《すべ》はある、と仰せられたのは、松波様ではございませぬか」

「そ、それは……」

「お忘れでございまするか？」

「わ、忘れてはおらぬッ」

三郎兵衛は言葉に窮し、思わず声を荒らげた。

稲生正武の言葉は、三郎兵衛を容易《たやす》く狼狽《うろた》えさせた。

「確かに、匿名の投書であっても、真実の投書であればその真偽を確かめられぬことはない、と言うた。真実であれば、そこにはなんらかの確たる痕跡が残されているからだ」

「では――」

「そうじゃ。真実の有無など、おいそれと確かめられるものではない。だが、儂《わし》にはわかる。それ故、儂が行こうではないか」

思わず口走ってしまったのは、おそらく束の間の気の迷いだ。が、一度口にした言葉は、容易に取り消せるものではない。

「え？　それは、もしや……」

「あ、ああ」

「松波様が、御自《おんみずか》ら出向いてくださるということでございますか？」

「いや、それは……」

「松波様に調べていただけるのでしたら、何《いず》れ真偽のほどははっきりいたしましょう」

「…………」

「で、どちらに出向かれます？」

すっかり元気のなくなった三郎兵衛とは裏腹に、稲生正武はいたって上機嫌であった。おそらく、すべては稲生正武の思惑どおりに進んでいるのだろう。

「そうじゃな。できれば近場がよいが……」

「では、武蔵《むさし》か常陸《ひたち》ですな。……ええ、そのあたりで山林の多い土地といえば……」

「武州《ぶしゅう》でよかろう。投書にも、江戸《えど》よりほど遠からぬところ、とあった」

仕方なく、三郎兵衛は自ら断じた。

投書には、天領の何処の山林と具体的に明記されていたわけではない。

しかし、江戸の近郊には圧倒的に天領が多い。目安箱に投書した者も、江戸か、少なくとも江戸の近隣に住む者と考えるのが自然である。

もとより、遠国《おんごく》にも天領はある。遠国から目安箱のためにわざわざやって来たという可能性が全くないわけではないが、もし遠国からわざわざ江戸に来たのであれば、相当の覚悟があってのことだ。取り上げてもらうためにはより真剣になり、己の名を記すかもしれない。匿名の投書では、悪戯《いたずら》・ひやかしの類《たぐい》と見なされ、取り上げてもらえないのだ。

よって、匿名による投書を行うのは、比較的目安箱の近くにいる者——江戸在住者と決めつけてもよいだろう。

「しかし、ひと口に武州といっても広うございまするな。如何いたします？」

「武州で山林の多いところは何処だ？」

「さあ……多摩郡《たまぐん》でございましょうか」

「多摩か。……急げば日帰りできぬこともあるまい」

「林奉行に案内させまするか？」

「いや、それはやめておこう」

「何故でございます？」

「うぬも勘定奉行をしたことがあるからわかるであろう。己の役目に口出しされるだけでも腹立たしいのに、勝手に部下を使われるなど、言語道断だ」

「そういうものですかな？　それがしは、勘定奉行というても公事方《くじかた》でございました故、勝手方《かってかた》のお役目のことはよくわかりませぬ」

「ずっと公事方か？」

「はい」

「三期も四期も務めながら、そのあいだずっと公事方か？」

「はい、公事方でございます」

少しも悪びれることなく稲生正武は答え、三郎兵衛は内心呆れ返った。

（矢張り、出世の早い奴は違うのう）

「儂はずっと勝手方じゃ」

やや不貞腐《ふてくさ》れたように言い返し、三郎兵衛はしばし口を噤《つぐ》んだ。

（地味な割に、面倒な仕事ばかりの勝手方じゃ）

当時は、なんとも思わなかったのに、いまは何故か損をしたような気分に陥《おちい》る。

「松波様？　如何なされました？」

不機嫌に口を閉ざした三郎兵衛に、稲生正武は問いかけた。

「いや、別に――」

言いたいことは山ほどあったが、三郎兵衛はそれを喉元ですべて呑み込んだ。

これ以上、ここで稲生正武と言葉を交わしたところで、意味はない。それ故の沈黙だった。

（確かに多摩は広い。当てずっぽうで出向くには広すぎる。行ったところで、どうせ無駄足だ。……せいぜい物見遊山気分で、勘九郎《かんくろう》や銀二《ぎんじ》も連れて行くか）

多摩の山林を見て回ったところで、なんの成果もあげられぬことは、火を見るよりも明らかだ。

ただ一つ、三郎兵衛が気になったのは、もし根も葉もない虚偽《きょぎ》の投書だとしても、その内容があまりにも地味なことである。どうせ嘘の投書をするのであれば、もっと派手な嘘をつくべきだ。現に、寺社奉行の某《なにがし》は密かに不正を働いているという類の誹謗中傷《ひぼうちゅうしょう》が絶えない。その殆どが、匿名の落書きだ。

幕府の要人を誹謗中傷している場合、その投書は事実無根の嘘であるかもしれぬが、真実である可能性もある。それ故一応裏を取る。

だが、こんな地味な悪戯投書では、派手な誹謗中傷の中に紛れてしまい、相手にされないかもしれない。

それでも敢えてそんな内容の投書をしたということは、それが真実であるからではないのか。

(だとすれば、この投書をなしたる者は、山盗っ人にかこつけて、なにか別のことを訴えたいのかもしれぬ)

そんなことを思い、三郎兵衛は自ら行ってみようという気になった。

真実の匂いを発する投書には、それなりの意味がある。

ところが——。

そろそろ行こうかと思っていた矢先、稲生正武がわざわざ屋敷を訪れ、とんでもないことを言い出した。

「此度《こたび》はそれがしも同道いたします」

「なに？」

三郎兵衛が思わず目を剝いたが、

「ですから、それがしも、松波様とともに、天領の検分にまいります」

稲生正武はいたって大真面目である。

「冗談も大概にせい」

「わざわざ冗談を言いにまいるほど、それがしも暇ではございませぬ」

寧《むし》ろ、憤慨気味ですらあった。

「お前、なにを言っておるのだ」

三郎兵衛は狼狽えた。

「ですから、此度は松波様に同道いたしたく存じます」

「何故だ？」

「大目付の務めを、いつも松波様お一人にお任せするわけにはまいりませぬ」

「別に、儂が酔狂にていたすことに、つきあう必要などないわい」

「いいえ、これもお役目にございます」

「役目などではない、と言うておろうが」

無論三郎兵衛は、彼が同道することを頑《かたく》なに拒んだ。

「そもそも、徒歩《かち》の道中など、そちには無理だ」

「いいえ、松波様。これでも若い頃は、屢々《しばしば》領地の検分にまいったものでございます。山歩きならば、慣れておりまする」

「それは若い頃であろう。いまのそちはもう若くはないぞ」

「松波様に言われとうはございませぬ」

と真顔で言い返されてしまうと、三郎兵衛にはそれ以上、年齢を理由に断ることが難しくなった。年齢だけでいえば、三郎兵衛のほうが二十近くも年上だ。だが、

(目と鼻の先のお城へ行くにも乗物を使ううぬとは日頃から鍛え方が違うわい)

という言葉を、三郎兵衛は喉元で呑み込んでいた。三郎兵衛なりの配慮というものだった。

それ故、三郎兵衛は、

「大目付の務めと言うが、大目付は大目付でも貴様は筆頭。儂の上役だ。上役が部下につきあう必要などない」

威儀を正して主張したが、聞くなり稲生正武は無言で苦笑した。

「日頃から、上役として扱われたことなど一度もありませぬ」

口には出さぬが、稲生正武の目がそう言っていた。

三郎兵衛が少なからず怯《ひる》んだ一瞬の隙を突き、

「では、大目付筆頭として、松波殿にお願いいたす。それがしを、現地へ同道させていただきましょう」

稲生正武は厳《おごそ》かに言い放った。

「断じて、足手纏《あしでまと》いにはなりませぬ」

断固として言い張り、全く退く様子のない稲生正武を、三郎兵衛は持て余すと同時に、

（この野郎、一体どういう了見だ？）

と、その心中をはかりかねた。

なにかよからぬ企《たくら》みがあるのなら、早めに打ち砕いておくに限る。

早速桐野に調べさせたが、怪しい点はなにもなく、

「企みというより、手柄をたてたいというのが下野守様の本音なのではございますまいか」

というのが、桐野の見解であった。

稲生正武がなにより重きを置いているのは、上様のご意向である。その上様が、近頃の三郎兵衛の働きをひどく歓んでいる、というのが、稲生正武が自ら探索に出向こうとする最たる理由なのではないか。

「上様のご機嫌取り、ということか？」

「下野守様にとっては、大切なことでございます」

「ふうむ……そんなものかのう」

三郎兵衛は全く釈然としなかった。

人は、己の中にない価値観については到底理解し難いものである。

仕方なく、三郎兵衛は稲生正武の一行とともに目的地を目指すこととなったが、この、稲生正武の一行こそが、大問題だった。

稲生正武は、見るからにものの役に立たなさそうなお供の武士を、ぞろぞろと十名あまりも伴ってきたのである。

「おい、探索に向かう微行《おしのび》の道中だぞ」

「ですから、供の者は最小限にとどめました」

「多すぎるわ。警護ならば、影から伊賀者にさせればよかろう」

「では、供は一人も連れずに行くと仰せられますか？」

「ぞろぞろ連れていると、目立つであろうが。微行の意味がないわ」

「なれど、供は必要でございます」

「ならば、井坂を連れて行けばよいであろう。井坂ならば医術の心得はあるし、うぬの身のまわりの世話もできる」

「井坂には、剣の心得はありませぬ」

「そうなのか？」

「それ故手練《てだ》れを、せめて五人は連れて行きとうございます」

「四人だ」

絶対に譲らぬ語調で、三郎兵衛は言い放った。

「井坂を入れて、五名。それ以上は、断じてまかりならぬ。いやなら、来るな」

「いえ、行きまする」

稲生正武は即答した。

このとき、稲生正武は抜け目なく思案した。手練れというなら、松波正春《まさはる》ほどの手練れはいない。それに、三郎兵衛には常にお庭番・桐野がついている。この二人とともに行動する限り、己の身に危険は及ばぬであろうと確信したればこそのことだった。

万一、刺客に襲われたとしても、どうにかなるだろう、と判断した。

多少の誤算は生じたものの、その判断は、概《おおむ》ね正しかった。

「家中でも選り抜きの手練れでございます」

当日自慢顔の稲生正武が引き連れてきた供の者たちがおそらく実戦では使いものにならないであろうことは、三郎兵衛には一目瞭然であった。

ともあれ、大人数でゾロゾロ歩いていては人目につく。もうそれ以上頭数を増やさぬために、三郎兵衛は勘九郎と銀二を連れて行くことを諦めた。

そのことが、多摩への道中を三郎兵衛にとってより気鬱《きうつ》なものにさせた。

稲生正武の一行と同道する以上、到底日帰りでは戻れない。

下布田宿《しもふだしゆく》で泊まり、日野宿《ひのしゆく》本陣で泊まって、多摩の山林地帯に到着したのが、江戸を発《た》ってから三日目の昼であった。

(これなら、次左衛門めを乗物に乗せ、いっそ行列を組んで来ればよかったわ)

心中おおいに嘆きつつ緩《ゆる》めの丘陵を登り、登りきったところで、唐突に襲撃された。

樹木の陰から姿を現し、襲ってきた黒装束の人数は、総勢二十名余——。

襲撃の模様は、前述のとおりである。

二

（次左衛門め）

刺客に襲撃された奥多摩の山林から麓《ふもと》の宿へ戻る道々、三郎兵衛の胸には一つの疑念が湧いていた。即ち、

（襲撃の黒幕はこやつではないのか）

という疑念である。

確信にも似《に》た疑念であった。

「いやあ、酷《ひど》い目にあいましたなぁ、松波様」

口では愚痴を吐くものの、帰り道の稲生正武は何故か行きよりもずっと上機嫌に見えた。

（あのときは本気で震えておったくせに、どういうつもりだ？）

稲生正武の、その柄《がら》にもないはしゃぎぶりを三郎兵衛は訝った。

「ですが、そのおかげで、久しぶりに、松波様の見事なお腕前を間近に見せていただくことができました。……この下野《しもつけ》、衷心より感服いたしました」

そして、その軽口の根底にあるのが、なんらかの達成感からくるものではないか、と推測した。

襲撃されたまさにその瞬間こそは本気で怯《おび》えているように見えたが、いまとなってはそれも迫真の芝居だったのかもしれない。人生の大半を腹芸に生きてきたこの男であれば、それくらいの芸当は朝飯前だろう。

（そう考えれば、此度同道すると言い張ったのも納得できる）

三郎兵衛は思った。

すべて、三郎兵衛を油断させるための詐術《さじゅつ》だったと思えば、それまでの稲生正武の不可解な言動すべてが理解できる。

襲撃を命じた本人が、まさか同道するとは夢にも思うまいというのは浅知恵にすぎないが、乱刃《らんじん》の渦中に身を置けば、己の身も多少は危うくなる。或いは、多少傷つけられることがあるかもしれない。

それ故にこそ、相手の信用を得られる。かつて稲生正武は、三郎兵衛を利用するため、己の身を平然と傷つけた。

稲生正武は腹黒い佞人《ねいじん》にほかならないが、己の命を惜しげもなく質《しち》にしてくるところは、三郎兵衛も一目置いている。

だから、疑念を抱いてからも、それを直接稲生正武にぶつけようとはしなかった。

はじめから、三郎兵衛を奥多摩に連れ出して襲わせるのが稲生正武の狙いであったとしても、なお謎は残る。

そもそも、三郎兵衛を本気で殺すつもりなら、あんな半端な人数では到底無理だ。それは間違いない。

では、稲生正武の本当の目的は一体なんなのだ。

常日頃の稲生正武であれば絶対に黙殺するであろう案件に固執したことも、当然企みの一つであろうが、いまは想像もつかない。

（一連の茶番は、山盗っ人の件が事実であると儂に思わせたいがためであろうが、仮にそれがかなったとて、それで奴になんの利がある？）

道々思案する三郎兵衛の顔が、余程殺気だって見えたのだろう。

「如何なされました、松波様？」

稲生正武はさも心配そうに問うてきた。

「どうもせぬ」

吐き捨てるように三郎兵衛は答え、それきり口を閉ざしていた。

芝居がかった稲生正武の顔つきが、三郎兵衛にはただただ腹立たしかった。

「昨日は大変な目にあったな、次左衛門」

翌日、本心を包み隠した三郎兵衛は、慈愛に満ちた顔で言った。

「いいえ、お恥ずかしいところをお見せいたしました。お笑いくだされ、松波様」

「誰が笑うか。危うく命を落としかけたのだぞ。狼狽えて当然だ」

「松波様……」

思いやりに満ちた三郎兵衛の言葉に、稲生正武は忽《たちま》ちほだされたようだ。三郎兵衛を見返す目がうっすらと潤むが、

「それ故、これより江戸に使いをやって乗物で迎えに来てもらえ」

三郎兵衛はすぐに突き放す口調になった。

「え？」

「帰りも徒歩ではきつかろう」

「それはそうですが……」

「しかし、松波様は？」

「儂はまだ帰らぬ」

「え？」

「折角ここまで来たのだ。儂はもう少し調べてから江戸に戻る」

「では、それがしも――」

「いや、駄目だ。そちは先に江戸へ戻れ」

極力感情を抑えた声音で三郎兵衛は言う。

「し、しかし……」

「それに、大目付が二人揃っていつまでも江戸を留守にしているわけにはゆくまい。もしこんなことが上様に知れたら……」

「え……」

稲生正武は目に見えて狼狽えた。

相変わらず、「上様」には弱い。稲生正武の泣き所――唯一といっていい可愛げといえるだろう。

「そもそも貴様、此度の検分の件を、上様に申し上げて、お許しを得ているのであろうな？」

「え？　お許し？」

「まさか、無断で出て来たのか？」

「そ、それは……ですが、松波様はいつも無断で彼方此方《あちこち》歩きまわられて……」

「儂は別だ」

「何故でございます？」

「はじめから、そういう約束だ。上様からも、登城に及ばず、とのお許しをいただいておる」

「なれど、松波様はほぼ毎日のように登城されておられます」

「わからぬ奴だな。儂の場合の登城に及ばず、というのは、好きにせよ、という意味じゃ」

「そんな自儘《じまま》な……」

「ああ、自儘じゃ。本来年寄りは自儘なものじゃ」

「…………」

「兎《と》に角《かく》うぬはさっさと江戸に帰れ。無断で出て来たのであれば、上様からお叱りを受けるかもしれぬが、そのときは言い訳せずに、誠心誠意お詫《わ》び申し上げろ」

「そんな……」

「上様も気まぐれなところがおあり故、お怒りを買うかもしれぬが、仕方あるまい」

「え？」

「よくて謹慎、最悪切腹もあるかもしれんな」

「ま、まさか……」

「うぬも存じておろう。上様はああ見えて、非情なお方だ」

「………」

三郎兵衛が言葉を述べるたび、赤くなったり青くなったりと稲生正武の顔色がくるくると変わるのが面白くて、ついつい言葉を継いでしまった。おかげで少しく溜飲が下がった。

三

稲生正武と別れた後、三郎兵衛は小仏宿《こぼとけしゅく》まで歩を進めた。

小仏宿には本陣も脇本陣もなく、古い旅籠《はたご》が何軒かあるだけだ。宿場のはずれに宝珠寺《ほうじゅじ》という古い禅寺があり、武士の多くはその宿坊を宿とするが、三郎兵衛は、道筋に数軒並んだ旅籠を物色し、軒下に下げられた道中用の菅笠《すげがさ》に「藤《ふじ》」の字が書かれた家を選んだ。

おそらく、それが屋号だろう。

洒落《しゃれ》のつもりか、菅笠の横には藤の花が一房飾られていて、それも三郎兵衛の気に入った。

部屋に通されると、すぐに身を横たえ、半刻あまりも寝入ってしまった。

半刻で目が覚めたのは、桐野が来たためである。

「御前《ごぜん》」

桐野は表から入らず、屋敷のときと同じく天井裏から現れた。

「なにかわかったのか？」

「逃がした刺客《しかく》が逃げ込んだのは、あの丘陵よりほど遠からぬ村落の庄屋の家でございました」

「なに？」

三郎兵衛は忽ち顔を顰《しか》めた。

「一介の庄屋が、大目付に刺客を送ったというのか？」

「大目付と知った上で襲ったのかどうかは、わかりませぬ」

「では、なんだと思うて襲ったのだ？」

「たとえば、山林に近づく者は悉《ことごと》く殺せ、と命じられているのやもしれませぬ」

「我らを賊《ぞく》と見なしてのことか。けしからん」

「このあたりの百姓は気が荒く、外部の者に対して攻撃的であると聞いております」

「だとしても、我らは歴とした武士じゃぞ。武士を不逞《ふてい》の輩《やから》と見なすとは――」

「如何なる事情があってのことか、庄屋を捕らえて問い質《ただ》しまするか？」

「ううむ。それもよいが、その前に、次左衛門めが何故山林の検分に固執したのか、その理由が知りたいものじゃのう。さすれば、刺客をさし向けた目的もはっきりしよう」

「御前は、刺客の黒幕を下野守様ではないかとお考えなのではありませぬか？」

桐野はふと口調を変え、三郎兵衛を真っ直ぐ見返しながら問うた。まるで、亡き妻から浮気を責められているかにも錯覚する――三郎兵衛が最も苦手《にがて》とする表情である。

「違うのか？」

「わかりませぬ。……ですが、もしそうだとすれば、下野守様は、このあたり一帯の村落を、自領の如く支配下においている、ということになります」

「それはあり得ぬ、と言うのか？」

「武州は、天領と旗本家の領地が複雑に入り組んでいる上、ところどころに他藩の飛び地もございます。どの村が、誰の支配下にあるかは判然とせず、幕府の力が及ばぬのをよいことに、一時は、他藩の代官が、強盗さながらのやり口で年貢《ねんぐ》を強奪することもあったそうでございます」

「なにが言いたい？」

「そのため、百姓らは自ら剣術を身につけ、自警の組織を持つにいたりました。如何に下野守様といえども、そんな武州の百姓を容易に御《ぎょ》せるとは思われませぬ」

「なるほど」

三郎兵衛は半ば感心し、半ば納得した。

桐野は暗に、刺客の襲撃が稲生正武の仕業《しわざ》ではないことを示唆している。

「次左衛門は、そうした武州の事情を承知の上で、儂と共にまいったと思うか？」

「当然、ご承知のことと存じます」

眉一つ動かさずに桐野は応えた。

「そうか。……そうだな」

頷きつつ、三郎兵衛は己の浅はかさを内心恥じた。

どうも、事は三郎兵衛が思うほど単純な話ではないらしい。

「どうやら、しばらく腰を据えて調べねばならぬようだな」

「しばらく、こちらに滞在なさいますか？」

「いや、こういうこともあろうかと、勘九郎と銀二を呼んである。明日には追いつくだろうから、合流したら、何処か落ち着ける場所に腰を据えたい。このあたりに、お前たちの隠れ処はないのか？」

「ないこともございませぬが……」

桐野が困惑気味に口ごもるのと、

「もうとっくに着いてるよ」

不意に襖《ふすま》が開かれて、勘九郎が顔を出すのとが、ほぼ同じ瞬間のことだった。

道中陽に焼けたのか、両頬が、酒でも呑んだように上気している。

「おう、来たか。銀二もおるのか？」

「はい。おりやす」

勘九郎の背後から、銀二もチラリと顔を覗かせる。こちらは元々色黒なのであまり変わった様子はない。

「だったらさっさと入らぬか。そんなところでなにをしておる」

三郎兵衛は二人を促した。

「ああ、腹減ったなぁ」

「飯と酒を、人数分頼んできますね」

「酒は一人一本までだぞ」

「なんだよ、ケチくせえなぁ」

勘九郎は忽ち不平を口にする。

「こんなところで深酒してどうする。夕餉《ゆうげ》を食べたら、さっさと寝るぞ。明日は夜明け前に発つからな」

「桐野もここに泊まるの？」

三郎兵衛の言葉は黙殺し、身を乗り出し気味に桐野に問いかけるが、

「いえ、私はまだ調べねばならぬことがございますので、これにて失礼いたします。明日、夜明け前にお迎えにあがります」

桐野の答えはにべもない。

「なんだ、行っちゃうのか」

勘九郎が目に見えて落胆するのを見て、

（こやつ、すっかり物見遊山気分ではないか）

口には出さぬが、三郎兵衛は内心呆れていた。呆れつつも、

（とはいえ、近頃気候もよいし、まあ仕方ないか）

己もまた、当初は物見遊山のつもりで勘九郎らを呼ぼうとしていたことを思い出し、密かに苦笑した。

ほんの数日前のことなのに、あのときにはなにかが起こる予感など全くなかった。

そのときから、稲生正武にはなんらかの腹づもりがあったのかと改めて思うと、腹立たしくて仕方なかった。

夜半、厠《かわや》に起きると眠れなくなってしまい、三郎兵衛は縁先から表へ出た。

行商人や親類縁者の祝い事に出かける百姓町人たちが泊まる小さな旅籠だ。庭というほどのものはなく、外へ出るとすぐ裏が竹藪になっている。

（藪蚊《やぶか》が飛んできそうだな）

三郎兵衛はすぐに散策を諦め、戻ろうとしかけたところに、

「おやすみになれませぬか、御前」

待っていたかの如く、桐野が来た。

「なんだ。いたのか」

少なからず驚かされつつ、或いは桐野は、三郎兵衛らが前後不覚に眠り込んだのを見届けてから、ずっと旅籠の外で見張っていたのかもしれない、とも思った。だとすると、桐野がそうせねばならぬほど、切迫した状況に置かれている、ということになる。

「なにか気になることがおありですか？」

「此度次左衛門が強引に同道したがるのは、上様の歓心を買うためだと、お前は言ったな」

「はい」

「いまもそう思うか？」

「………」

「言いにくいか？……言いにくかろうな」

桐野の心情に気を遣いつつ、三郎兵衛は言う。稲生正武をあいだに挟むと、途端に気まずくなる、この感じは一体なんだろう。これまでにも、何度か経験してきた。

お庭番の桐野は、大目付・松波正春の身辺警護を最優先としているが、お庭番である以上、幕府の利益を最優先に行動せねばならない。

三郎兵衛の行動と稲生正武の思惑が一致しているあいだはいい。

だが、万一両者の思惑が乖離《かいり》してしまった場合、桐野は結局、幕府側の代表ともいえる稲生正武の意向を優先し、必要とあらば、そのことを三郎兵衛に伏せねばならない。三郎兵衛は何度か、そんな板挟みの桐野を見てきた。腹立たしくはあったが、桐野の立場もわからぬではない。

(仕方あるまい)

三郎兵衛がそれ以上の問答を諦めかけたとき、不意に意を決したらしい桐野が口を開いた。

「下野守様は、この武州多摩の何処かに隠し金山があるのではないか、と疑っておられました」

「なに、隠し金山だと!?」

三郎兵衛は当然目を剝いて問い返す。

無論桐野は顔色など変えない。

「あり得ぬ話ではございませぬ。このあたりの地層は甲府《こうふ》の金山とも繫がっております故、実際に小さな隠し金山はいたるところにあるのでございます」

「しかし、甲州《こうしゅう》金山の金は既《すで》に掘り尽くされておろう」

「信玄《しんげん》公の頃より掘られておりました黒川《くろかわ》金山は既に廃鉱となっておりますが、その周辺では、まだ僅かながらも金が採れるようでございます」

「採れたとしてもごく僅かであろう。そんなもの、到底ものの役にはたつまい」

「幕府にとってはそうであっても、一大名家にとっては違います」

「ん？」

「たとえ些少《さしょう》であっても、自領から金が採れれば、藩の財政は潤います」

「そうかもしれぬが……」

「それ故、このあたりに飛び地を持つ大名家の者は皆、山師を雇って金山を探させております」

「ふうむ……さもしいことよのう」

嘆くような三郎兵衛の言葉に、桐野の表情が僅かに動いたように見えたのは、思い違いではないだろう。

そのとき、桐野は確かに口許を弛めて微《かす》かに笑った。花の咲きほころぶようなその笑顔を、よもや見紛《みまが》うわけがない。

「なれど、下野守様は確信なされたようでございます」

「なにをだ？」

「隠し金山の存在でございます」

「何故だ？」

「山に入ってすぐ、刺客に襲撃されました。それこそまさしく、隠し金山の存在を知られたくないがために相違ない、と思われた筈でございます」

「なるほど、そういうことであったか。それを確かめるために、どうしても自ら視察に来る必要があったのだな」

「御意」

桐野は小さく頷いた。

「そうか、そうか。……それで次左衛門めは帰り道、あれほど満足げであったか。……忙しくなると言うたは、隠し金山を手に入れるための画策をめぐらすのに忙しくなる、という意味か」

独《ひと》りごちるように楽しげに言ってから、

「もう一つ、訊いてもよいか？」

三郎兵衛は再び桐野に問いかけた。

「はい。なんなりと――」

「次左衛門は、何故隠し金山の件を儂に隠そうとしたのであろう？　山から木を盗んでおる者がいる、などと見え透いた嘘をつきおって、騙しおおせるとでも思うておったか」

「それは……」

桐野は一瞬口ごもり、答えを躊躇《ためら》ってから、

「おそらく、手柄を独り占めしようとのお考えからではないかと――」

「だろうな」

三郎兵衛は納得し、莞爾《かんじ》と微笑《ほほえ》んだ。

稲生正武の魂胆などわかりきっていたが、敢えて問うたのは、桐野の口から望む答えを聞きたかったからにほかならない。

そして、望む答えを、望む者の口から得られる喜びに勝るものはないと、改めて満足するのだった。

四

「これ、そこな百姓――」

三郎兵衛はわざとそんな呼びかけ方をした。

それには勿論狙いがある。日頃の三郎兵衛の口調とは全く違う。

「へえ?」

鍬《くわ》を持つ手を止めた農夫の一人が、目を丸くして三郎兵衛を見返した。身なりのよい武士が珍しいのだろう。

「あ、あっしのことでしょうか」

「そうじゃ。ちと訊ねるが――」

三郎兵衛は更に声をかける。

「ここは、幕臣・滝川但馬守《たきがわたじまのかみ》殿の御領地かのう？」

「…………」

「違うのか？」

「さあ……」

初老の農夫は口ごもりつつ、首を傾げるばかりである。その様子は、江戸の旗本に対して畏《おそ》れ入っているというよりは、たんに困惑している風情であった。

「なんだ、己の領主の名も知らぬのか？」

「…………」

「お前たちも知らぬのか？」

同じ畑にいる他の農夫にも視線を向けるが、他の二人の農夫もおよそ同じ反応であった。

「話にならんな」

聞こえよがしに言い、激しく舌打ちしてから、

「では、庄屋のもとへ連れて行け」

頭ごなしに三郎兵衛は命じた。

「どうした？　お前たちが知らぬと言うから、庄屋に聞こうというのではないか。さっさと案内《あない》せい」

だが、武士という存在自体にあまり慣れていない農夫らは互いに顔を見合わせ、戸惑うばかりであった。天領であれ、大名・旗本家の所領であれ、代官はいる。しかし、代官所の人数は極端に少なく、四六時中見廻りなどしている余裕もないため、年に一度の年貢の取り立てに来る以外、殆ど姿を見せることはない。

それ故農夫らは戸惑い、三郎兵衛の言葉にもろくに答えられずにいた。だが、

「あのう……」

そんなとき、必ずといっていいほど、出しゃばってくる者はいる。

「気の利かない奴らで、申し訳ありません。よろしければ、あたしがご案内いたします」

年の頃は四十がらみで見るからに如才ない顔つきの男が進み出て、三郎兵衛に向かって恭《うやうや》しく頭を下げた。農夫には珍しく、商人に多い人種だ。

「誰でもよい。早う、案内せい」

苛立った口調で、三郎兵衛は命じた。

どこからどう見ても、権高《けんだか》で横柄《おうへい》な武士の典型である。

「へ、へい……」

男は多少焦《あせ》りながらも、先に立って歩き出した。権力者に取り入って、なにか旨い汁を吸おうにも、これではとりつく島もない。

村に足を踏み入れたときから、村人たちの目は常に彼らに向けられていた。もとより、好奇の目だ。

領地の検分にやって来た江戸の旗本一行、というていをとっているため、桐野には供侍の扮装を、銀二には例によって中間《ちゅうげん》の扮装をさせている。羽織を着ていない勘九郎はちょっと不似合いだが、まあ供に見えぬこともないだろう。

「おい、なんだってこんなことするんだよ」

先を行く男の耳には届かぬほどの声音で、勘九郎が三郎兵衛の耳許に問うた。

「よいから、黙って見ていろ」

三郎兵衛もまた低声で応える。

折角黒の紋付き羽織を身につけていても、あまり馴れ馴れしく振る舞われたのでは供侍に見えなくなる。

やがて、ひときわ大きな茅葺《かやぶ》きの家の前で案内人の男は足を止めた。

「ここが、庄屋の家か？」

「へ、へえ」

問われた男は不得要領《ふとくようりよう》に応え、

「出て来い、庄屋ッ」

門口に立った三郎兵衛は大声を張りあげた。

「儂は、大目付筆頭・稲生正武じゃ。遥々《はるばる》検分にまいった」

「え、大目付……」

大声で呼ばれ、慌てて出て来た庄屋の顔が忽ち凍りつく。

年の頃は五十がらみ。日頃は柔和な恵比寿《えびす》顔が、緊張と恐怖で埴輪《はにわ》の如き無表情である。

「お、大目付様でございますか？」

「ああ、大目付じゃ。文句があるか」

「め、滅相もございませぬッ」

庄屋は土間に降りて平伏した。

「て、手前は、この村の庄屋を務めます、文吾右衛門《ぶんごえもん》と申します。大目付様にご挨拶申し上げますッ」

「顔をあげい、文吾右衛門」

「ははーッ」

「顔をあげよと言うておろうが。それとも、それほど素《そ》っ首《くび》刎《は》ねられたいかッ！」

「………」

文吾右衛門は恐る恐る顔をあげた。

三郎兵衛の満面は憤怒に満ち、恰《あたか》も悪鬼のようであった。怖ろしさのあまり、文吾右衛門はすぐに目を逸らし、目を逸らしつつ、交々《こもごも》と問い返す。

「な、なれど、大目付様が何故このようにいぶせき村に、い、いらっしゃいました？」

「この近隣の村々が結託し、一揆《いっき》を企んでおる、との報告があったのじゃ。目付の調べでは埒《らち》があかぬ故、儂が自ら調べにまいった」

「え⁉」

文吾右衛門は絶句した。

「一揆など、め、滅相もございませぬッ」

しかる後、懸命に否定したが、

「ええい、黙れ、黙れぇーッ」

三郎兵衛は全く聞く耳を持たない。

「いいから、蔵の中を見せてみろ。刀や槍が隠してあるはずじゃッ」

「さ、左様なものは、ございませぬッ！」

「こやつ、手向かいいたすとは、ますます怪しい。……これ、桐野」

怒り狂いながらも、三郎兵衛はふと傍《かたわ》らの桐野を顧みる。

「はい」

「そのほう、蔵を見て参れ」

「畏《かしこ》まりました」

供侍姿の桐野は心得ていて、単身土蔵のほうへと駆けて行く。どこから見ても、主命を請《う》けて直ちにそれを実行する若侍の身ごなしである。

「あ、どうか、お待ちを！　蔵にはなにもございませぬッ」

「なにもなくて、うぬがそれほど狼狽えるはずがなかろう。後ろめたいことがあるからこそであろうが」

「いいえ、断じて、そのような……」

（なんだ、この茶番は——）

桐野までが三郎兵衛の芝居につきあう様を、半ば呆れ、半ば感心しながら勘九郎は見据えていた。

その後も、幾つかの村で同様の騒ぎを起こした挙げ句、

「儂は大目付・稲生正武じゃっ。文句があるかッ」

と何度も繰り返して名乗り、そして立ち去った。

「こんなことして、なんになるんだよ」

近隣の農村、十数村で適度に暴れて漸《ようや》く江戸への帰途についたところで、勘九郎は問うた。

「決まっていよう、稲生正武の名を地に貶《おとし》めてやったのよ」

「本当に、貶められたのかね？」

「当たり前だろう。か弱き百姓相手に、大目付の地位をひけらかして傍若無人《ぼうじゃくぶじん》に振る舞ったとなれば、奴の評判はがた落ちじゃ。ざまあみろ、ひとをダシに使いおって」

（そうかなぁ）

勘九郎は内心首を捻《ひね》ったが、敢えて口には出さなかった。もし出せば、

「なに、まだ憎々しさが足りぬか？　では、もう少しやっておくかのう」

三郎兵衛は真顔で言い出し、言いがかりの追加をせぬとも限らないからだ。

（わからないのは、桐野までがつきあってくれてることだけど……）

思いつつ、勘九郎はチラチラと桐野を盗み見た。

普段の桐野なら、ここまで三郎兵衛に随《したが》うことはせず、とっくに単独行動に戻っている筈だ。それが、小仏の宿場からずっと、彼らと行動を共にしている。

「御前──」

その桐野が、ふと足を止めて、三郎兵衛に呼びかけた。

「どうした?」

やりたいことをやり、ご満悦の三郎兵衛の顔が瞬時に曇る。こういうとき、桐野がよいことを言うわけがない。案の定、

「どうも、よくない者を伴ってしまったようでございます」

極めて剣呑なことを口にした。

「え?」

「このまま江戸まで連れて行くわけにはまいりませぬので、片づけてまいります」

「片づける?」

「はい。皆様は、どうかお先にお戻りくださいませ」

「一人で大丈夫か?」

三郎兵衛の問いには答えず、桐野の姿が陽炎《かげろう》の如くかき消える。

「…………」

その信じ難い光景に、銀二は容易く絶句したが、三郎兵衛も勘九郎も既に慣れっこになっていて、そのこと自体にはさほど驚かない。

ただ、しばらく無言でその場に佇《たたず》んだ後、

「大丈夫かなぁ」

勘九郎が無意識に口走った。

「お前も感じたのか？」

いよいよ眉を顰めつつ三郎兵衛が問い返す。

「なにを？」

「途轍《とてつ》もなく邪悪な気配を感じたのであろう？」

「いや、俺はただ、桐野がいつになく緊張してるみてえだったから、それほどの敵なんだろうと思っただけだよ」

「そうか」

さあらぬていで頷きながら、三郎兵衛は内心大いに感心していた。桐野が緊張しているかどうかなど、正直三郎兵衛にはよくわからない。三郎兵衛の見る限り、桐野はいつもどおりの桐野である。

だが、勘九郎には、微細な変化がありありと目に見えるらしい。

(想いが強すぎると、その分失望も大きいのだがな)

勘九郎が、一途に桐野を慕うのは最早《もはや》仕方ないと思うものの、その想いがかなうことはない。赤児の頃から勘九郎を見ている三郎兵衛にはそれが不憫《ふびん》でならず、両者が、自然に適度な距離をおいてくれることを望んだ。可愛い孫に、傷ついてほしくはなかった。だが、それもまた、老人の杞憂《きゆう》にすぎぬ、ということもわかっていた。

傷つき、そして立ち直るのが若者の特権だ。老人は、黙って見守るしかないのだろう。

五

桐野が三郎兵衛らのそばから離れなかったのは、もとより歴とした理由があってのことだった。

甲州道中のあいだ中、その気配は常に絶妙な距離を取りつつ、三郎兵衛を追っていた。

(伊賀者だな)

　ということは、容易に察せられた。

　狙いが三郎兵衛だとすれば、離れるわけにはいかなかった。並の伊賀者ならば歯牙《しが》にもかけまいが、その者の気配からは、桐野をしてさえ無意識の緊張を強《し》いるほどの、凄まじい手練れの息遣いが感じられた。

　なにより恐いのは、敵が一人であるということだった。

　一人であれば、三郎兵衛の気性であれば、確実に自らの手で斃《たお》そうと思うだろう。実際、三郎兵衛の強さには底知れぬものがあり、或いは本当に勝てるかもしれない。だが、それには多大な犠牲を払うことになる。たとえ勝ったとしても、ほぼ相討ち同然の傷手《いたで》を被《こうむ》ることになるかもしれない。如何に矍鑠《かくしゃく》としているといっても、三郎兵衛の実年齢であれば、それは致命傷にもなりかねない。それ故桐野は、身を以《もっ》て、そいつを三郎兵衛から引き離さねばならなかった。

　桐野が一行の側《そば》から離れても、敵の狙いが三郎兵衛であれば危機は回避できない。だが、一旦三郎兵衛から離れ、ある程度距離を取って逆にこちらが敵を追いかけることで、精神的な優位には立てる。

　戦略的にみても、追われるよりも追うほうが、断然有利なのだ。

　ところが、桐野が三郎兵衛の側を離れると、意外やそいつも三郎兵衛一行を追うのをやめ、桐野を追ってきた。

（なに？）

桐野は少なからず動揺した。

（狙いは私だったのか？）

だが、すぐに冷静さを取り戻す。

もとより、桐野とて役目柄無数の殺生を繰り返してきた。己を仇《かたき》と狙う者など数えあげたらきりがない。

それ故つけ狙われるのは仕方ないが、わざわざ伊賀者を雇ってまで復讐しようというのは些《いささ》か意外であった。

伊賀者自身が、己の恨みを晴らすために桐野を狙っている、という発想は、桐野にはない。伊賀者というのは、須《すべか》らく、誰かに雇われて行動するもの、と認識しているためだ。伊賀者が、利害以外の私情によって動くなどとは夢にも思っていない。

（私のために大金を払って伊賀者を雇うとは、酔狂な……）

桐野はそれを面白がってさえいた。

狙いが三郎兵衛ではなかったことで、すっかり気が楽になっていた。そのため、油断して、多少の隙が生じたのかもしれない。

（おのれ……）
気がつけば、心中深く臍《ほぞ》を噛んでいる。
無意識のうちに早足となり、いつしか小走りに——遂には走り出していた。
臍を噛んだのは、それが己の意志とはまるで異なる行動であったためだ。
（まずいぞ）
足を止めようと試みるが、己の体が己の自由にならない。
（駄目だ、そっちへ逃げては駄目だ）
（駄目だ）
（逃げろ、逃げるしかない……）
（逃げろ）
（逃げろ）
（真っ直ぐ逃げろ）
（そのまま走れ）
（走れ）
（走れ）

桐野の脳裡に、桐野以外の意志が流れ込んできて、桐野の四肢を支配している。
そんな感じだった。
(煩《うるさ》い、黙れッ!)
否定しても否定しても、その意志は桐野の中に盤踞《ばんきょ》し、桐野を支配する。
(このままでは……)
敵の思いどおりにならぬためには、己の中から、己以外の意志を排除することだ。
桐野は遂に意を決すると、袖口に仕込んだ隠し針で、己の手の甲を突いた。
「うっ……」
鋭い痛みが、桐野の中から、桐野以外の意志を瞬時に掻き消した。
桐野は直ちに足を止め、その場で油断なく身構える。
「さすがは、桐野殿——」
立ち止まったその途端、男の肉声が、意識の中にではなく、はっきりと耳に響いた。
(こやつ、矢張り……)
男の声には、無論聞き覚えがある。
手近な杉の幹に身を隠しつつ、桐野は瞬時にその声の主が誰なのかを知った。
(矢張り、あのとき殺しておけばよかったか)

再度臍を噛んだとき、

「桐野殿」

そいつは、意外や無防備に足音を立てて近づいて来た。

（こいつ、正気か？）

一瞬間疑ったが、至近距離に来れば更に強く相手の意志を支配する術があるのかもしれない。

（ならば、その前に命を貰うだけのこと！）

桐野が手中の針を気配のする方向へと放とうとした、まさにその刹那――。

「お待ちあれ、桐野殿」

男がすかさず桐野を制した。

「そんなつもりはさらさらござらぬ」

「では、どういうつもりだ！」

勿体《もったい》ぶった男の言い草にカッとなり、桐野は思わず言い返した。その時点で、常の桐野でないことは明白だった。我が身を傷つけて正気を取り戻したつもりでいたが、それすらも、相手の術中だったのか。

（噂は本当だった）

観念した桐野は幹陰から姿を現し、そいつと対峙した。

以前見たときは、ただ貧相にしか見えなかった痩せぎすの相貌《そうぼう》が、いまは相応《そうおう》の切れ者に見えるから不思議であった。如何にも金の勘定に長《た》けていそうな切れ者の顔だった。

「仁王丸《におうまる》」

桐野はごく自然にその名を口にした。

《東雲屋《しののめや》》喜右衛門《きえもん》でもなく、《黒霧《くろきり》》の仁三郎《じんざぶろう》でもなく、伊賀の仁王丸に相違なかった。

(本性は、これほどの者であったか)

悟ると同時に、桐野は観念した。

誰であれ、この世に生きる限りは何れその生を終える。死は、誰にとっても平等に訪れるのだ。

(これほどの者の手にかかるなら、本望だ)

桐野は観念したが、手中の針を放つ準備だけは怠らなかった。己の意志を奪われ、或いは己の針で、己の急所を突くことになるのかもしれないが。

伊賀の仁王丸は、ゆっくりと桐野に近づき、

「漸く、お目もじかないましたな、桐野殿」

近づきつつ、言った。

その口辺には、淡い笑みすら滲んでいた。ゾッとするほど凄味のある微笑であった。

第二章　別式女《べつしきめ》《葵《あおい》》

一

江戸に戻ってから数日のあいだ、三郎兵衛は屋敷にこもり、登城しなかった。

帰途で三郎兵衛らから離れた桐野はそのまま戻らず、未だ江戸にも戻っていない。気にはなっているが、それよりもいまは目前に迫る楽しみのほうが遙かに気になる。

武州で三郎兵衛がしでかしてきた噂が江戸に届くまでには、多少のときを要するだろう。

大目付・稲生正武を名乗る男の武州・多摩の農村での行状《ぎょうじょう》がそろそろ稲生正武本人の耳まで届く頃おいを見はからって、登城する。

そうすれば、三郎兵衛の大好物である稲生正武の顰《しか》めっ面《つら》が、好きなだけ見られることだろう。

帰還して五日目、満を持して三郎兵衛は登城した。

だが――。

三郎兵衛は、遂に彼の望む稲生正武を見ることがかなわなかった。

「これは松波様、なんぞお城に御用でもおありですかな？」

なんの憂いもなさそうな涼しい顔で開口一番問われ、三郎兵衛は戸惑った。

（さては、まだなにも知らぬのか？）

戸惑い、訝《いぶか》ったが、三郎兵衛はその翌日も登城した。稲生正武にはなんの変化も見られなかった。その翌日も同様であった。虚《むな》しく日々が過ぎた。

（おかしい。噂はもうとっくに次左衛門の耳に届いているはずだぞ）

確かに、噂は稲生正武の耳に届いていた。だが、勘九郎も密かに危惧していたとおり、三郎兵衛の行ったことは、格別稲生正武を貶《おとし》める悪評にはつながらなかった。

何故なら、三郎兵衛はただ村々で怒鳴り散らし、庄屋に暴言を吐いたにすぎないからである。村人たちにしてみれば、それはごく普通の武士の姿であった。それよりも、大目付が微行《おしのび》で村を訪れたことの驚きのほうが大きく、それ故ただそのことだけが、江戸に伝わり、稲生正武の耳に入った。即ち、

「大目付の稲生正武様が微行で検分に参られた」

という事実である。

(まむしの仕業《しわざ》だな)

稲生正武はすぐに察したが、その意図がさっぱりわからない。

なにか調べたいことがあって村々を巡ったのであろうが、何故稲生正武の名を名乗ったのか。三郎兵衛の思案は稲生正武には図りかねたし、問い質《ただ》すには相応の覚悟が必要だった。下手《へた》なことを言って機嫌を損ねれば、頭ごなしに怒鳴りつけられ、最悪の場合殴りつけられぬとも限らない。

それ故黙殺することにしたが、三郎兵衛は激しく焦《じ》れた。

(おのれ、次左衛門、儂《わし》に見透かされるのが癪《しゃく》なものだから、懸命に平静を装っておるのだな)

そういえば、江戸に戻ってからの稲生正武の態度は、不自然なほどに余所余所《よそよそ》しい。

武州での話を、殆《ほとん》ど口にしないのは、隠し金山の件を三郎兵衛に知られてしまったからかもしれないが、だとしたら、それも含めてもっと悔しそうな顔をするべきではないか。なのに稲生正武は、鯰《なまず》の如き無表情で、ひたすら書面に目を落としている。

(小賢《こざか》しい奴め)

内心激しく歯嚙みしつつも、三郎兵衛もまたさあらぬていで稲生正武に接した。意地でも、こちらから武州の話はすまい、と心に決めた。

「久しぶりに、吉原《なか》へでも繰り出しませぬか、松波様？」

あまりに自然な口調で誘われたときには、さすがに一瞬絶句したが、

「おお、よいではないか。当然そちのおごりであろうな？」

上機嫌のていで三郎兵衛は言い返した。

「ははは……これは、松波様にはかないませぬな」

「…………」

屈託のない稲生正武の笑い顔を化け物でも見る思いで見返しながら、

（或いはこやつ、本気で忘れておるのか？）

三郎兵衛も本気で疑った。

（こやつ、耄碌《もうろく》がはじまったのではないのか）

と本気で疑わずにはいられぬほど、その顔つき態度は自然であり、不自然でもあった。

（儂より二十も若いとはいえ、こういうことは、歳とは関係ない故な）

その涼しい顔を、内心小面《こづら》憎く思いながら、三郎兵衛は疑った。

それほどに、稲生正武の態度は不自然極まりないものであった。

「ときに松波様――」

その日も、何気《なにげ》ない口調で不意に話しかけられて、三郎兵衛は柄《がら》にもなく動揺した。

己の思いどおりにならぬ稲生正武は、何処か不気味で捉えどころがない。

「なんだ?」

「お聞きおよびでございますか?」

「なにをだ?」

「少し前のことになりますが、大奥に賊が忍び入ったのでございます」

「なに! それはまことか?」

三郎兵衛は本気で驚いた。

本気で驚くのが当然の、驚天動地《きょうてんどうち》の事態である。大奥に賊が忍び入った、と他人《ひと》事《ごと》のように稲生正武は言うが、大奥に忍び入ったということは即ち、江戸城本丸に忍び入ったということではないか。

「何分大奥のこととて、表にはなかなか伝わってこぬのでございますが――」

三郎兵衛の激しい反応に戸惑いつつ、稲生正武は交々《こもごも》と言い訳した。

「たわけがッ」

だが、次の瞬間三郎兵衛は激昂した。

「大奥に忍び入ったということは、即ちお城の本丸に賊が入ったということであろう。お庭番は一体なにをしておったのだ！」

「そこは、まあ、よいではありませぬか」

「よい筈があるまいッ」

「既に過ぎた話でございます。何事もなかったのですから、まずはそれがしの話をお聞きくだされ」

「…………」

「これは、人に聞いた話でございます。それがしが、実際に見聞きしてきた話ではございませぬ」

「わかっておる。そちでは大奥に入れまいからのう」

「畏《おそ》れ入ります」

三郎兵衛の言葉に、稲生正武は思わず苦笑する。

「話したければ、さっさと話さぬか。勿体《もったい》をつけおって……」

三郎兵衛が苛立《いらだ》つと、

「忍び入った賊を、別式女《べっしきめ》が見事捕らえたそうでございます」

稲生正武は慌てて述べる。

「別式女か」

別式女とは、大奥を警護する女たちのことで、当然武芸に長《た》けている。一説には武家の出戻り女が多いともいう。

「はい、なんと運のよいことに——まあ、賊にとっては不運なのですが——、その夜は、精鋭揃いの一番組の頭《かしら》を務める《葵《あおい》》が宿直《とのい》をしていたそうでして——」

「《葵》という別式女が、一人で捕らえたというのか？」

「はい」

「賊の数は？」

「しかとはわかりませぬが、一人二人ということはございますまい。……少なくとも、五、六名はおったかと……」

「五、六名の男を、女子《おなご》が一人で捕らえたか？」

「はい。この《葵》でございますが、なんと、身の丈六尺豊か、雲衝くばかりの大女で、米俵なら一度に二俵は抱えられるという剛力無双《ごうりきむそう》の持ち主にして、一刀流の免許皆伝はもとより、槍を持たせても宝蔵院流《ほうぞういんりゅう》槍術の遣い手、三間柄《さんげんえ》の大槍も軽々と振りまわす達人だそうでございます」

「ううむ、到底女子とは思えぬのう」

「それがしも思えませぬ」

つい、つり込まれるように同意してから、

「いえ、女子の中にも、斯様《かよう》な強者《つわもの》がおるということでございます」

稲生正武は慌てて付け加えた。

「で、その剛力無双の別式女が捕らえたのは、そもそも、どのような賊だったのだ？」

「どのようなといわれましても……まあ、盗賊でございましょう」

「ひと口に盗賊といっても、さまざまな盗賊がおるであろう。その賊は、何の目的で大奥に忍び入るなどという大胆な真似をしでかしたのだ？　仮に、首尾よく金目のものを盗み出せたとしても、それを持って城外に出るなど至難の業じゃぞ」

「それは……そうかもしれませぬな」

三郎兵衛の追及に、稲生正武は容易《たやす》く困惑した。まるで、三郎兵衛が奉行で、稲生正武はお白洲《しらす》に引き出された下手人《げしゅにん》の心地であった。

「おかしいとは思わぬのか？」

「な、なにがでございます」

「お庭番の目を盗んで本丸に侵入できる賊とは、そもそも如何なる賊だ？」

「さあ……」

「うぬも承知であろうが、お城の本丸は、お庭番の中でも選り抜きの精鋭が護っておる。町場の盗賊などが、うかうかと忍び入れるわけがないのだ」

「お庭番の、交替の時刻を狙って入ったのではないか、と言われております」

「だとすれば、お庭番の交替の時刻を、何故賊は知り得たのだ？」

「え？」

「内通者がいる、ということになるぞ」

「ま…さか……」

稲生正武は真っ青になって絶句した。

埒《らち》もない、気軽な雑談のつもりだった。このところ、恐い顔で登城してきては、不機嫌に押し黙ったきりの三郎兵衛を和《なご》ませるための手頃な話題だと思ったのに、まさかここまで本気で詰められるとは——。

「まあ、なんにしても、凄腕の別式女がいてよかったのう。もし、その別式女がおらねば、大奥は賊に蹂躙《じゅうりん》され、儂ら大目付も面目を失っていたかもしれん」

「我らが……面目を失いまするか？」

「当然じゃ。上様の御不興を被《こうむ》ったやもしれぬ」

「え、上様の……」

「当たり前だろう。大奥に賊の侵入を許すということは、即ち上様の御寝所に賊の侵入を許した、ということだぞ」

「………」

「何事もなくて、本当によかったのう。別式女には相応の褒美を与えねばならぬ」

「上様の……」

「ん？」

すっかり血の気の失せた顔で口走る稲生正武の、譫言《うわごと》のような言葉に、三郎兵衛はふと耳を止めた。

「もし、上様のお耳に入ったりしたら……」

「なにを寝言をほざくか。上様はとっくにご存じであろう」

「いえ、ご存じないはずでございます」

稲生正武は断言した。

「なに？」

「その夜、上様は大奥へのお渡りはなく、《葵》の活躍で賊を易々と取り押さえました故、なにも事を荒立てる必要はなかろうと、事情を知る者たちには因果を含め、上様にも報告させておりませぬ」

「報告させておらぬ？　では、捕らえた賊はどうしたのだ？　報告をせねば、賊の処遇に困るであろうが」

「お城の外で捕らえたことにし、不浄役人を呼んで速やかに小伝馬町《こでんまちょう》送りといたしました」

「なるほど。さてはその一連の小細工はうぬがやらせたのだな」

三郎兵衛は納得して深く頷いた。

「ち、違いまする。それがしはただ、大奥に賊が押し入ったなどという不名誉を、記録に残してはならぬと思い……」

「ほほう、それが途轍《とてつ》もない不名誉だということは承知しておるのだな」

「なにが仰有《おつしや》りたいのでございます、松波様！」

「推参《すいさん》なり、次左衛門ッ！」

当てこすられて開き直った稲生正武を、三郎兵衛は一喝した。

「己が隠そうとした不名誉な事実を、ぺらぺらと得意気に話していたのはうぬのほうではないか」

「松波様……」

頭ごなしに叱責されると、稲生正武の満面が見る見る紅潮し、両目が潤んだ。

「なんだ、次左衛門。くたびれた男の泣き顔など見たくもないと、何度も言っておるぞ」

三郎兵衛はさすがに気がひけた。稲生正武の顔色が変わるところを見るのは心地よいが、泣き顔は見たくない。

「上様に…上様に知られてしまいます」

「事情を知る者には因果を含めたのであろう？　誰もわざわざ上様の耳に入れたりせぬわ」

「いいえ、何《いず》れ上様のお耳にも入りまする」

「一体誰が上様に話すというのだ？」

「誰も……」

「誰も話さねば、上様が知ることはあるまい」

「いいえ、誰も話さずとも、何れ知られてしまいます」

「なにを言っておるのだ。貴様、気は確かか？」

「いま江戸の市中では、この話でもちきりなのでございます」

「なに？」

「別式女《葵》は、いまや芝居の題材になるほど、市中の人気者なのでございます」

「大奥の別式女のことが、何故ひろく市中に知られるのだ？　おかしいではないか？」

「なにもおかしくはございませぬ。かの江島《えじま》の件も、瞬《またた》く間に市中に広がりました。何処にでも、口の軽い輩《やから》はおりまする」

「江島の件は不祥事なのだから仕方あるまい。しかもあの折、うぬはひどい拷問の末に女の口を割らせた。斯様な悪行が世に知れ渡らぬわけがない」

「拷問など、しておりませぬッ！」

三郎兵衛の言葉を遮って稲生正武は吠え、

「これ、城中で騒ぐでない」

三郎兵衛は慌ててそれを窘《たしな》めた。

「…………」

稲生正武は即ち口を噤《つぐ》んだが、恨みがましい目で三郎兵衛を見つめる。

そんな目で見られて、三郎兵衛は当惑するが、一方では歓んでもいる。

「なんだ？　なにが言いたい？」

　仕方なく問い返すと、

「どうしたらよいと思われます？」

　稲生正武は縋るように問うてきた。

「もし、上様のお耳に入ったら……」

「今更なにを慌てておる。別式女が賊を捕らえたと大喜びしていたではないか」

「別に大喜びなどしておりませぬ。ただ、松波様がご存じないようなので、お耳に入れておこうと思うたまででございます」

「いや、明らかにうぬは歓んでおった。まるでわがことのように得意気になってのう」

「………」

「そもそも、事を隠蔽したのも、うぬの仕業であろう。とんだところから上様のお耳に入ることになったとしても、自業自得《じごうじとく》だ」

「そんな……」

　突き放されて途方に暮れる稲生正武を、三郎兵衛は存分に堪能した。もう少し堪能してから、彼の悩みに答えてやっても遅くはないだろうと三郎兵衛は思った。

二

「なんでだよ？」

堂神《どうがみ》は不意に険しい顔で勘九郎に詰め寄った。

勘九郎にはある程度予期できたので、咄嗟《とっさ》に後退《あとずさ》ったつもりだったが、瞬時に間合いに踏み込まれた。道灌山《どうかんやま》の頂《いただき》にそそり立つ杉の木の、その最も高い位置にある枝の上から、勘九郎の姿をひと目見るなり、堂神はためらいもなく飛び降りた。大柄な体を胡蝶《こちょう》のように軽々と舞わせ、勘九郎のすぐ目の前に降り立った、次の瞬間のことである。

「俺だって訊きてえよ」

という言葉は喉元《のどもと》で呑み込み、極力平静を保って堂神に相対した。

そうしないと、忽《たちま》ち摑み合いの喧嘩に——最悪の場合、斬り合いになるであろうことが容易く予想できたからだ。

「あんたらが江戸に戻ってもう十日にもなるのに、なんで師匠は戻ってこないんだよ？」

「なんでと言われても……」

勘九郎は困惑して口ごもる。

堂神が桐野を案じる気持ちはよくわかるし、それについては勘九郎も激しく同意する。なんなら、桐野を案じる気持ちなら、堂神と同じか、或いはそれ以上かもしれなかった。

「師匠は一体何処に行ったんじゃ？」

堂神の満面には怒りが漲《みなぎ》っていたが、その言葉からはやりきれぬ悲しみが感じられた。

それ故、勘九郎はいよいよ言葉を失ってしまい、なにも言い返すことができなかった。

「あんた、よく平気な顔していられるな」

「え？」

「武州でも、さんざ師匠の世話になったんだろうが？」

「それが桐野の役目だろう」

とは言わず、勘九郎は黙って堂神に胸倉を摑まれていた。

「殿様が冷てえお人なのは知ってたよ。どうせ、てめえの身を護るためのお庭番の命なんざ、歯牙《しが》にもかけちゃいねえんだろ」

堂神の言う殿様とは、三郎兵衛のことだろう。三郎兵衛については、必ずしも堂神の言うとおりとも思われないが、敢えて反論はしなかった。

実際、三郎兵衛は桐野が戻ってこないことを気にする様子もなく、毎日平然と登城している。

(祖父《じい》さんだって、別に冷てえわけじゃねえんだろうけど……)

三郎兵衛が平然としているのは、おそらく桐野に対する全幅の信頼があってのことだ。桐野に限って、なにかあろうなどとは夢にも思っていないだけのことなのだ。

「けど、あんたは違うだろ、若様」

語気鋭く言うなり、堂神は勘九郎の胸倉を摑んだ腕に更に力をこめてくる。

(うッ……)

勘九郎は声にならない呻《うめ》きをあげた。

本人は自覚していないかもしれないが、やられたほうは命の危険を感じるくらいの脅威である。

「あんたは、師匠に本気で惚れてるだろうッ」

「…………」

強く絞められすぎてすぐには言葉が出なかっただけなのに、

「どうなんだッ、えッ？」

更に絞め上げられて、勘九郎はいよいよ声が出なくなるが、堂神は一向お構いなしだ。

「俺は、あんたのことだけは信じてたんだぜ」

「な…なにを？」

息を吐ききる前の呼吸の中で、勘九郎は辛うじて声を出す。

「あんたは、本気で師匠に惚れてるんだと信じてたんだよッ」

「な……」

「なのに、なんだよ」

堂神は一旦腕の力を抜いた。

おかげで勘九郎はひと息つける。

「あんたまで、殿様と同じく、知らん顔かよ。見損なったぜ、若様」

「知らん顔なんか、してねえだろうがッ」

言い返しざま、勘九郎は堂神の腕を力任せに振り払った。

振り払いざまに、

「惚れてるよッ、悪いか！」

勘九郎は夢中で口走っていた。

渾身《こんしん》の力で振り払われた堂神は、油断していたのか、一間ほども吹っ飛んで背後の木の幹で強《したた》か背を打つ――。

「だいたい、なんだよ、てめえ。なにかってえと師匠師匠って、鬱陶《うっとう》しいんだよッ」

「な…んだと?!」

「言っとくけどな、俺だって、桐野から技を教わってんだ。桐野は俺にとっても師匠なんだよッ。てめえだけの師匠だと思ったら、大間違いだからなッ」

「なんだとッ！　青二才のくせしやがって、許さねぇ!!」

激昂した堂神が叫ぶのと、錫杖《しゃくじょう》が振り下ろされるのとは、ほぼ同じ瞬間のことだった。

ガッ、

勘九郎はそれを鍔元《つばもと》で受け止めた。

その刹那、両手が痺《しび》れて刀を取り落としそうに錯覚する。

（くそッ、馬鹿力め）

なんとか跳ね返し、自ら一歩飛び退《の》いた。

「死ね、小僧ッ」

ぐぅん、
と唸りをあげて振り下ろされる錫杖を刀では受けず、勘九郎は避けた。

「逃げても無駄だッ」

「誰が逃げるか！」

言い返しざま、勘九郎は踏み出し、自らの切っ尖で、堂神の振り下ろす錫杖の先端を弾き返す。

白刃に弾かれた環《かん》が激しく爆《は》ぜて青白い火花を散らし、両者は互いに退いた。

「やるな、小僧。師匠に教わったというのも、強《あなが》ち嘘ではないらしい」

「ほざけ、くそ坊主がッ」

憎々しげに言い返しざま、すぐさま次の攻撃に出ようとしていた勘九郎は、だがつと足を止めた。

堂神の動きがそこでピタリと止まったのだ。

「…………」

ふと見れば、堂神の視線があらぬ方向に向けられている。

「どうした？」

「…………」

「え？」

「いた」

「なにがだ？……おい、堂神？」

「師匠がいた」

あらぬ方向に視線を向けたまま、堂神はぼんやりと呟いた。

「見えるのか？」

半信半疑で勘九郎が問うと、堂神は答えず、いきなり傍《かたわ》らの杉の木に登りはじめる。

大柄な体格にも似ず、猿の如き身ごなしであった。

（すげえな）

木から降りるところは何度か見たが、登るところをはじめて見た勘九郎は半ば感心し、半ば呆気《あつけ》にとられてそれを見守った。

三郎兵衛らが江戸に戻ってから十日ほどが過ぎたが、桐野は未だ戻っていない。

それを知ると、堂神は例によって連日道灌山に登るようになった。

堂神に備わっているという《千里眼《せんりがん》》という能力を、勘九郎は頭から信じているわけではないが、本当に見つけられるものなら見つけてほしい、と願わずにはいられなかった。

「桐野のことだ。なにか思うところがあり、自ら何処かへ向かったのであろう」

と三郎兵衛は言うが、勘九郎は必ずしも同意できなかった。

何故なら、あのとき桐野は間違いなく緊張していた。いつもの桐野とは明らかに違っていたのだ。桐野をそうさせたということは、相当な敵だったということだ。

千里眼を持たぬ勘九郎には堂神の真似はできないが、それでも、なにかできることはないかと思案して、明日にでも甲州道中を、桐野と別れたところまで戻ってみようかと考えていたその矢先のことである。

「おーい、堂神、本当に見えるのかぁ？」

瞬く間に杉の木の天辺近くまで登ってしまった堂神に向かって勘九郎は問うた。

だが、返事はなく、まもなく堂神は木から降りてきた。

「いたのか？　どうなんだ？」

「いた」

短く応えて、堂神は即ち歩き出す。

「お、おい、堂神――」

勘九郎は慌ててあとを追う。

「何処行くんだよ？」

「師匠のところに決まってるだろうが」

「え？　何処にいるのかもわかるのか？」

「うるさいのう。ついてきたければ、黙ってついてこい」

と頭ごなしに叱責されて、勘九郎は口を噤んだ。

勘九郎が信じようが信じまいが、実際堂神は、これまで何度も、道灌山の上から江戸市中にいる桐野を見つけ出し、その行く先を突き止めている。いまは堂神を信じ、黙ってついていくしかないと、勘九郎は腹をくくった。

(それにしても、やたらと足が速ぇな、こいつ――)

腹はくくったが、勘九郎など見向きもせず、一心不乱に歩を進める堂神の歩みが、三郎兵衛と同じくらい――下手をすればそれ以上に速いことには閉口した。

三

「また、派手におやりになられましたな」

矯《た》めつ眇《すが》めつ、仔細に刀身を見分《けんぶん》したあとで、三十年来のつきあいに及ぶ研《と》ぎ師の朝蔵《あさぞう》は長嘆息した。

多くの武士が本身《ほんみ》の重さを嫌って竹光《たけみつ》を差して歩いているというこのご時世に、一体何人斬ればここまで刃こぼれさせられるのか、という意味の嘆息であろう。

そのため、今日日《きょうび》研ぎ師などという仕事はさほど珍重されない。朝蔵も、刀剣店を営む片手間、顧客に対する奉仕のつもりで刀研ぎを請け負っている。本職の刀屋のほうも、さほど潤っているとはいえない状態だろう。いつ来ても、雇い人の一人もおらず、当然客も来ない。

松波家は数少ない得意先である。以前は屋敷に呼んでいたのだが、雇い人のいない店の主人が店を留守にするとなると、そのあいだは当然店を閉めなければならない。滅多に客が来ないとはいえ、半日も閉めさせるのは気がひけて、いつしか三郎兵衛は自ら刀を持ち込むようになった。

神田鍛冶町《かんだかじちょう》の朝蔵の店《巴屋《ともえや》》は、三郎兵衛の屋敷からもほど遠からず、散歩にはちょうどよい。

「いつも、すまんな」

三郎兵衛はまるで親に叱られた子供のような顔で朝蔵に詫びた。

朝蔵は三郎兵衛より十歳も若いが、見た目は普通に老爺《ろうや》である。それ故、強ち間違

った光景でもないのだが、

「め、滅相もない！」

朝蔵は慌てて首を振った。

「御前のおかげで、うちは商売が成り立ってるようなもんでございます」

「だが、面倒ばかりかけておる。申し訳なく思うぞ」

「いいえ。御前のお差料をお任せいただけて、幸いと思うております。下手なお人が人を斬りますと、刃こぼれどころか、刀身に罅《ひび》を入れてしまい、二度と使いものにならなくなりますが、御前は、いつでも軽く刃こぼれさせるだけ。……相当なお腕前でなければ、こうはゆきませぬ。いつも、感心いたしております」

「そうかな」

満更《まんざら》でもない顔つきで首を傾げた後、

「何日かかる？」

真顔に戻って三郎兵衛は問うた。

「お急ぎでしたら、三日で仕上げます」

「いや、特段急いではおらぬ。丁寧に仕上げてくれ」

言いつつ三郎兵衛は腰をあげかけた。

店先に並ぶ刀を見るためだ。

「これは気がつきませんで……どれでもお好きなものをお持ちくださいませ」

「うむ」

頷きつつ、三郎兵衛は中のひとふりを手にとり、鯉口《こいぐち》を切ってみる。研ぎに出す刀の代わりである。もとより、屋敷に戻れば予備の刀はいくらでもあるから、名のある業物《わざもの》である必要はない。帰宅するまで、丸腰にならぬための一時凌《しの》ぎだ。

屋敷へ戻るまでの半刻のあいだですら油断できぬのが三郎兵衛の日常なのだ。

（さすがにこれでは軽すぎるか……）

三郎兵衛はそれをすぐ戻すと、別の刀を手にとった。

「そちらに出しているのは皆無銘の安物ばかりでございます。奥には、多少名のあるものもございますが？」

「いや、業物は要らぬ。元々、その佩刀も無銘のものだ」

「なれど、御前のお差料は無銘であっても、かなりの業物でございますよ」

朝蔵が言い返したとき、暖簾《のれん》をかき分けて店に人が入ってくる気配がした。

「御免候《そうら》え」

静かでありながら芯の強い女の声だった。

「これは、千鶴《ちづる》様」

朝蔵はすぐに気づいて頭を下げ、朝蔵が口にしたその名に反応した三郎兵衛は、無意識にそちらを顧みた。

「また、お世話になります」

入口に立って一礼したのは、おそらく三十路を過ぎた武家女であった。

髪は結わず垂《す》べしにし、濃い藍《あい》色の小袖に同じ色の袴《はかま》を着け、小太刀を腰に手挟《たばさ》んでいるのは、武芸の師範といった風情だが、服装と裏腹に雰囲気は柔和だ。色白で親しみやすい丸顔に殆ど化粧気はなく、昔遊んだ親しい幼馴染《おさななじ》みかと錯覚するような顔立ちだった。

三郎兵衛の視線に気づいた女は、三郎兵衛に向かってさり気なく一礼し、

「ご来客中にお邪魔いたしまして、申し訳ございませぬ」

朝蔵に向かってもう一度頭を下げると、足早に店奥へと去る。

その物腰、足どりから察するに、この店に相当慣れた者に違いない。

女が店奥へ去ってしばし後、
タッタッタッタ……

と元気な足どりで階《きざはし》を登る音が聞こえる。

その足音のおかげで、この店に二階があることを、三郎兵衛ははじめて知った。

「いまの女子は？」

「別式女でございます」

「なに？」

三郎兵衛は思わず問い返した。

「別式女とは、大奥の別式女のことか？」

「はい。些《いささ》かご縁がありまして、宿下《やどさ》がりの折には、当家をご利用いただいているのでございます」

という朝蔵の言葉に、

「どういう縁だ？」

と問い返すことが、三郎兵衛には何故かできなかった。

なにも問わず、ただでくのぼうのように答えを待っていれば、そのうち欲しい答えが降ってくると思ったのだ。

「千鶴様は、元々お旗本のご息女でしたが、嫁《とつ》いで三年してもお子ができず不縁になりまして。……嫁がれる前から武芸に長《た》けておられましたので、すぐに大奥の別式女としてお城勤めをなされるようになりました」

「宿下がりだと言っていたが、実家には戻らぬのか？」

「はい。ご実家はお兄上がお継ぎになり、お兄上のご家族が暮らしておられますから、帰りづらいのではないでしょうか。別式女の宿下がりは、お中臈《ちゅうろう》がたよりも多いらしゅうございます」

「そうか」

さり気なく頷きながらも、三郎兵衛の胸は本人も信じられぬほど早鐘を打っていた。

「千鶴…殿と、申されるのか？」

理由は、その名を耳にしたからにほかならない。

「はい。……あのように優しそうなお顔ながら、別式女の中では一、二を争うお腕前だそうでございますよ」

「一、二を？」

思わず問い返したくなるのを、辛うじて三郎兵衛は堪えた。

（次左衛門が言っていた《葵》とやらは、雲衝《くもつ》くばかりの大女の筈だ。いまの女子は、女子としては多少大柄に見えたが、雲衝くばかり、というほどではない。それに、名も違っているしな）

咄嗟《とっさ》に思案し、

「宿下がりのたびに、ここに泊まるのか？」

当たり障りのなさそうなことを訊ねた。

「はい。宿下がりというても、一日二日のことでございますから、気まずいご実家で過ごされるよりも、こちらで気ままに過ごされるほうが、よい息抜きになるのでございましょう」

「なるほど。大奥も、苦労が多そうじゃからのう」

一旦は納得したあとで、

「だが、朝蔵――」

三郎兵衛はふと口調を変えて問いかけた。

「儂は、そこそこの頻度でこの店を訪れている筈だが、これまで一度も、ここであの別式女と出会《でくわ》したことがないぞ」

「…………」

朝蔵は絶句した。

それから、懸命に思案したのだろう。

「それは……その、たまたま…なのではないでしょうか。…たまたま……そういえば、千鶴様も、組頭になられる以前は、それほど頻繁に宿下がりが許されていたわけでは……」

交々と言い訳しようとしたが、

「千鶴殿が組頭になられたのはいつだ？」

容赦ない三郎兵衛の問いが、朝蔵を追いつめた。

「さあ…いつでしたか。……少し前ではないかと……」

「一年前か？　二年前か？」

更に追いつめることもできたが、三郎兵衛はやめておいた。さすがに大人げないと反省したのだ。

朝蔵にはもとより悪意などない。三郎兵衛と別式女の千鶴を己の店で顔を合わせぬよう小細工したことなど一度もない筈だった。それでも、これまで、三郎兵衛と千鶴が出会うことがなかったのは、全くの偶然。強《し》いて言えば、縁がなかった、ということだろう。

だが、朝蔵は明らかに焦っていた。

後ろめたいことなど何一つない筈なのに、いざ問い詰められるとしどろもどろしてしまう。身に覚えのないことで責められるなど、理不尽ではないかと思うものの、それを三郎兵衛にぶつけることはできない。

それ故朝蔵は憮然としていた。

なにも悪いことをしたつもりはないのに、なぜ妙な罪悪感を感じてしまうのか。それは朝蔵自身にもさっぱりわからなかった。

朝蔵には急がなくていい、と言ったくせに、三郎兵衛は刀を預けてから三日目の四ツ過ぎに再び《巴屋》を訪れてみた。

例の別式女・千鶴がまだ店の二階にいるのではないか、と期待してのことに相違なかったが、無論口には出さない。さり気なく二階の様子を窺《うかが》ったが、どうやら人のいる気配はなかった。

(もう城に戻ったか)

少なからず落胆しながら広小路《ひろこうじ》界隈をぶらついているとき、偶然その女を見かけた。

別式女の千鶴である。

(城に戻ったのではないのか？)

三郎兵衛はふと足を止め、様子を窺った。

尾《つ》行けるつもりはなかったが、無意識に尾行けてしまった。

髪を、島田くずしに結い、地味な薄紫の鹿の子紋の着物を纏《まと》ってしまえば、どこにでもいる平凡な年増女に見えた。小間物屋の店先をひやかしたり、見世物小屋の前で、入るか入らぬかを逡巡したりしながらも、人混みにすっかり紛れ込んで僅《わず》かの不自然さもない。

（旗本の息女で江戸育ちであれば、広小路など、今更珍しくもあるまいに――）

寸刻尾行けただけで、三郎兵衛は飽きはじめていた。

だったらさっさとやめればいいものを、何故かやめられない。

（一体、なにをしているのだ、儂は――）

もう一人の己が、自らの行動を疑問に思いはじめた矢先――。

女は別に広小路を満喫していたわけではなく、どうやら誰かを尾行けているらしいと漸《ようや》く察した。

（どういうことだ？）

おかげで、三郎兵衛の好奇心は再び息を吹き返す。

千鶴が尾行けているのは、三十歩ほど先を行く、青いよろけ縞《じま》の着物の女であった。三郎兵衛は千鶴の更に三十歩ほど後方にいるため、女の顔はわからぬが、着こなしを見る限り、玄人女《くろうと》のようである。三味線《しゃみせん》か常磐津《ときわづ》の師匠のような粋筋《いきすじ》か、或いは湯女《ゆな》のごとき商売女か。

（しかし、大奥の別式女が、何故商売女のあとを尾行ける？）

疑問が生じた瞬間、三郎兵衛は千鶴を見失った。

しまった、と思い、足を速めて距離を縮めようと試みるが、ちょうど日本橋《にほんばし》方面に向かう大きな四つ辻にさしかかり、一挙に人混みが増した。前に出るには、人波を強引にかき分けるしかない。

（しまった！）

三郎兵衛は慌てた。

こんなところで騒ぎを起こしたくはないが、ここまで来て易々と見失ってしまいたくもない。ここで見失えば、半刻以上も無駄な時を過ごしたことになるではないか。

それがいやで、強引に前へ出ることを覚悟して踏み出そうとしたとき、

「私になにか御用でしょうか？」

背後から密やかに囁かれて、三郎兵衛はその場に佇立《ちょりつ》した。

（いつのまに……）

相手の素早さに舌を巻きつつ、三郎兵衛はゆっくりと顧みた。

三郎兵衛の尾行に気づいた千鶴は、人混みに身を隠すとともに道端の死角に身を寄せて三郎兵衛をやり過ごし、すかさず彼の背後にまわったのだ。見事な判断と身ごな

してあった。

「私に御用でしたら、伺いますが？」

数日前にはじめて見たときは、親しい幼馴染みのように柔和に見えた顔に緊張が漲り、別人のようだった。

「あ、あなた様は……」

だが、顧みた三郎兵衛の顔を一瞥するなり、硬い表情が忽ち和む。

「先日、『巴屋』にいらしていたお客様ですね？」

「…………」

「何故私のあとをお尾行けに？」

「すまぬ」

三郎兵衛は、先ず詫びた。

「そなたの邪魔をするつもりはなかったのだが……あの女を追わなくてよかったのか？」

「あの女よりも、私を尾行けてくるお人のほうが気になりました」

「すまぬ」

「いいえ、よいのです」

千鶴は首を振り、

「あの女を追う機会ならば、またございましょう」

僅かに口許を弛《ゆる》めて言った。

笑うと即ち小娘のように見える。

かつて三郎兵衛が知っていた同じ名の女とは、全く違う。違うとわかっていながら、のこのこついてきた己を、三郎兵衛は激しく悔いた。

それ故、責めるような口調で問うた。

「だが、そなたは何故お城に戻らぬ？　宿下がりは、通常一日か二日であろう？」

「此度《こたび》は、調べねばならぬことがあり、多めの宿下がりをいただいております、松波筑後守様」

三郎兵衛の指摘で忽ち真顔に戻った千鶴は、低く囁く声音で答える。

「何故儂の名を……」

三郎兵衛は容易く狼狽《うろた》えた。

「《巴屋》のお得意様ですから」

三郎兵衛の素直な反応が可笑《おか》しかったのか、千鶴はまた口許を弛めて忍び笑う。

「朝蔵に聞いたのか？」

「はい」

それはそうだ。朝蔵には、三郎兵衛の身許を伏せる理由はない。

だが、侮《あなど》られたわけでもないのに、何故か心が波立ち、

「それで、そなたは一体なにを調べようとしておるのだ？」

殊更強い語調で、三郎兵衛は問い質した。

「その前に——」

「ん？」

「少し道の端《はし》に寄りませぬか？……迷惑になっておりまする」

指摘されて、三郎兵衛ははじめて、己が往来の真ん中で仁王立ちになり、千鶴に相対しているという事実を知った。

二人が人波の流れの一部を止めているために、その周囲の流れが些か澱《よど》んでしまっている。

千鶴に言われたとおり、道の端に寄ってから、三郎兵衛は問うた。

「では、どうする？」

「この近くで、どこかご存じの茶屋などはありませぬか？」

「茶屋か？」

「茶屋でなければ、蕎麦屋《そばや》でも居酒屋でもかまいませぬが」

「ああ」

三郎兵衛は肯《うなず》いた。

千鶴の申し出は、要するに静かに話せる場所がほしい、ということだろう。さすがは世慣れた出戻りの年増だと感心しつつ、

「では、出合茶屋へでも行くか？」

という際どい冗談を口にするべきか否か、三郎兵衛は真剣に悩んだ。

「出合茶屋でもようございますよ」

悩んでいるところへ、まるで彼の心中を覗き見たかのように千鶴が言った。三郎兵衛が焦るほどの真顔で言い、すぐ堪えきれずに噴き出す女に、三郎兵衛は本気で激怒した。

「たわけッ」

一喝してから、

「女子が、左様な冗談を口にするでないッ」

勘九郎を叱るときと同じ口調で叱責した。

「申し訳ありませぬ」

千鶴は素直に詫《わ》びて頭を下げた。

従順なのかはねっ返りなのか、わかり難《にく》い女だと、三郎兵衛は思った。

四

「実は近頃、大奥に賊が忍び入る事態がたびたび生じておりまして――」

千鶴は漸く切り出した。

悠然と茶を飲み、団子を食べているあいだに、なにをどう話すべきかを思案していたのだろう。

「この半年ほどのあいだに、少なくとも二度は入られたようでございます」

「ようだ、というのは？」

「二度とも、私の宿下がり中でありましたため、詳しいことはわかりませぬ。宿直の者が、当夜居眠りをしたという罪で罰せられた以外、詳細は知らされませんでした」

一度口を開くと無駄のない口調で手短かに語り、三郎兵衛の問いにも淀《よど》みなく答えた。

「矢張り、内通者がいるのだな？」

「はい。おそらく、その内通者は相応の身分の者で、立場を利用し、すべてもみ消しているのではないかと思われます」

「なるほど。だが、賊は、なんのためにたびたび大奥に忍び入るのだ？」

「内通者が密かに用意した財貨を、外に持ち去っているのではないかと」

「何故それがわかる？」

「宝物蔵《ほうもつぐら》の品を調べさせたところ、特に高価な品ばかりが贋物《にせもの》にすり替えられておりました。……ですが大奥では、特段珍しいことではございませぬ」

「どういう意味だ？」

「大奥の品を持ち出して金銭に換えようという不届き者は、いつの時代にもおりました。殊に、いまの上様が大奥に対して厳しい倹約を命じられてからは、隠れて金品を盗もうとする者が増えております」

「盗みを働いても、罰せられぬのか？」

「上の者が盗みを働いているのですから、罰せられるはずがございませぬ」

「上の者とは？」

「有力なお中臈でございます。数えあげたらきりがないので、総取締役の藤島《ふじしま》様も大目に見ているのです」

す」

「腐りきっておるな」

「まことにもって。……ですが、女子ばかりが暮らしているのですから、多少出費がかさむのは仕方ありません。籠《かご》の鳥の唯一の楽しみは、着飾ることだけでございます」

そこで千鶴は一旦言葉を止め、一口茶を飲んだ。三郎兵衛も無意識にそれに倣《なら》う。喋《しゃべ》り続けているので、喉が渇く。

運ばれてきてから既に四半刻。当然冷めきっているが、かまわず飲んだ。

「ですが、外から盗賊を招き入れて金品を持ち出させるというのは、些か異常でございます。目的がわかりませぬ」

「確かに、身分の高い中﨟が裏で手を回して容易く持ち出せるのであれば、わざわざ危険を冒して外の者を大奥に入れることはないな」

「なにか、金品とは別の目的があって忍び入ってくるのではないかと——」

「別の目的とは？」

「それがわかりませぬ故、先日罠《わな》を仕掛けました」

「罠？」

「決まっていた宿下がりの日、宿下がりをせず、密かに宿直の役目を代わりました。

すると、案の定丑《うし》の刻《こく》過ぎに、お鈴口《すずぐち》の天井裏から、賊が入ってきました」

「何人来たのだ？」

「総勢六名でございました。天井裏を走って宝物蔵のほうに向かうのがわかりました故、待ち伏せいたしました」

「一人で、待ち伏せたのか？」

「複数にて待ち伏せすれば、必ず話が漏れ、敵に警戒されると思いましたので。それに、賊どもは帰りに大きな荷を持たねばならぬため、なるべく身軽であろうとし、丸腰でまいります」

「丸腰とはいえ、男であろう？」

「丸腰で、頭から女子を嘗《な》めている男ほど、御《ぎょ》しやすい者はおりませぬ」

千鶴は口の端を弛めて少しく微笑した。

例によって、小娘のような笑顔である。その笑顔のせいなのか、三郎兵衛は妙な胸騒ぎをおぼえる。

「で、捕らえたのか？」

「はい、捕らえました」

「一人でか？」

「はい」

（どうも、似たような話を聞いたばかりだが……）

思った途端、胸が早鐘を打つ。

「賊を捕らえた別式女の名は、確か、《葵》だと聞いたが……」

たまらず三郎兵衛が口走ると、

「《葵》というのは、一番組の組頭に代々与えられる称号のようなものでございます」

千鶴はさすがに気恥ずかしげに目を伏せた。

「では、そなたが一番組の？」

「はい。大奥別式女、一番組組頭《葵》でございます」

漸く名乗った女をぼんやり見つめながら、だが三郎兵衛は彼女に会ったときからの奇妙な胸騒ぎの理由がわかった気がした。

「そなたが、《葵》か？」

もう一度問い返しつつ、

（どこが、雲衝くばかりの大女だ。次左衛門め、いい加減なことを……）

稲生正武の言葉を、三郎兵衛は呪った。

呪いつつ、更に問う。

「そなた、槍も使うそうだな？」

「槍は、宝蔵院流を少し……」

「では、一刀流は？」

「免許をいただいております」

間髪《かんはつ》容《い》れずに千鶴は答え、答えざま、やおら残りの団子を手にとり、かぶりついた。

「………」

団子を口に含んで美味《うま》そうに咀嚼する女の顔を、半ば呆気にとられて三郎兵衛は見つめていた。女がものを食べるところなど、これまであまり身近に見たことがない。

いや、そんなことよりも、いま驚くべきは、人生で出会った二人目の千鶴もまた、男勝りの女丈夫であったということだろう。

「ところで、そなたが追っていたあの女は一体何者なのだ？」

話が進み、漸く三郎兵衛はその問いを発することができた。

その問いを発したときには、既に二人は玉池稲荷《たまいけいなり》境内の茶屋を去り、帰途についている。

すっかりときが過ぎ、日没が近づいてきたのだから、仕方ない。

「少し前まで大奥に出入りしていた《東雲屋》という小間物《こまもの》問屋がございましたが、何故か突然主人が出奔し、闕所《けっしょ》になりました。あの者は、その《東雲屋》の奉公人でございました」

「その奉公人を、何故追っていたのだ？」

「あの者、主人の使いで大奥に来る際には、如何にも堅気《かたぎ》の女房のような風情でしたのに、今日市中にて見かけたときはまるで別人としか思えぬほど、様変わりしておりました」

「奉公先が変わったのだろう。多少は様変わりしても仕方あるまい」

「いいえ、多少などというものではございませんでした。顔立ちは同じ筈なのに、まるきり別人に見えたのでございます。尋常なこととは思えませんでした。そのような者であれば、此度の件にもなんらかの形で関わっているのではないかと。……ただの勘でございますが」

「いや、そういう勘働きが肝要なのだ」

内心大いに感心しながら、三郎兵衛は言った。

《東雲屋》の主人は、裏で《黒霧党》という盗賊団の頭もしていた男で、その正体は伊賀者だった。

（とすれば、奉公人もまた伊賀者である可能性が高い。であれば、別人になりすますことなど、朝飯前。……この女子、なかなかの眼力だ）

感心し、舌を巻きつつ、三郎兵衛は述べた。

「いや、町奉行をしていた頃に、与力や同心たちから教えられたのだ。下手人を捕らえるには、先ずは勘働きだ。勘働きなくしては、なにもはじまらぬ、とな」

「そうなのですか？」

「そうだ。それ故、此度の件には、儂も手を貸そう」

「え？」

「儂のせいで、かの者をとり逃がしてしもうた。責任を取らねばならぬ」

「そんな…お、大目付様にお手伝いいただくなど……畏れ多いことでございます」

千鶴は慌てて言い募った。先程までの落ち着いた口調から一転、しどろもどろになる。

一人目の千鶴は、冷静沈着な烈女だったが、二人目の千鶴はかなり感情の振り幅が大きいようだ。三郎兵衛にはそれが新鮮であった。

「そ、それに…これは大奥の問題で…ございます。お、大目付様に関わっていただく……わけには……」

「いや、最早《もはや》大奥だけの問題ではない。何者かが、大奥を巻き込んでなにか企てておるに相違ない」

「な、なれど……」

言いかけて、だが千鶴はふと足を止め、三郎兵衛を顧みた。

人けの少ない路地を抜けると、その先は広々とした火除け地だ。もとより三郎兵衛はとっくに気づいている。

「どうした?」

「この先に伏兵がおります」

「ああ、五、六名といったところか」

「人数まで、しかとわかりますか?」

「どうせ儂の客だ。そなたは下がっておれ」

言い捨てざまに、三郎兵衛は地を蹴って踏み出した。

だが、踏み出してから、知った。そいつらの狙いが、三郎兵衛ではなく、千鶴であるということを――。

踏み出した三郎兵衛の横を素早くすり抜けると、全員千鶴をめがけて殺到したのである。

（しまった！）

三郎兵衛は焦り、慌てて踵《きびす》を返したが、もう遅い。

黒装束の刺客らは、一斉に跳躍し、千鶴めがけて襲いかかる――。

（まずい。千鶴は、得物さえ手にしていないではないか）

町場の年増女の服装であるため、刀を手挟《たばさ》むことはできなかった。せめて武家の妻女の扮装であれば、懐剣のひとふりなりとも身につけられたであろうが。

「おのれッ！」

三郎兵衛は咄嗟に脇差しを抜き、千鶴の真正面から飛びかかろうとする男の背をめがけて投げつける。

ぐぅはッ！

刃に貫かれた男は即死だったらしく、即ち前のめりに倒れたが、それと前後して、

「ぐぅはーッ」

同様の悲鳴がもう一つ聞こえたかと思ったら、男の体が高々と吹っ飛んだ。

（え？）

三郎兵衛は我が目を疑った。

「どりゃーあッ」

長ドスを手に斬りかかってきた男の鳩尾《みぞおち》へ、そのとき千鶴は身を翻《ひるがえ》しざま肘《ひじ》を深く突き入れると、前へのめって千鶴の肩に凭《もた》れてくる男の腕をとり、一瞬の早技で投げ飛ばしたのだ。

「ぐぅふッ」

そいつは容易く悶絶して倒れたが、すぐ別の一人が千鶴を襲う——。

千鶴は全く慌てず、的確に対応した。

間髪容れず襲ってきた男の刃は僅かに身を捻《ひね》って躱《かわ》し、背後から迫りつつあったもう一人を振り向くと、そいつの顔面を拳《こぶし》で強か殴打する。

「がぁッ」

その後、倒れた男の背から三郎兵衛の脇差しを引き抜くと、

「お借りいたします、松波様ッ」

言いざま、最前避けた男に自ら立ち向かう。

男はつり込まれるように無造作に刃を繰り出し、再び避けられ、だが避けられると同時に、己の喉笛を千鶴の手にした脇差しで深々と貫かれていた。

四人目の男もまた吸い込まれるようにして千鶴の前に立ち、逆袈裟《ぎゃくげさ》に斬られてその場で頽《くずお》れた。

五人目の男が背後から迫らんとするところへ、踵を返した三郎兵衛が追いついている。

「おのれ、女子一人に、なにをしておるかッ」

怒声とともに、背後から一刀のもとに斬りつけた。六人がかりで女子一人を襲うような卑怯《ひきょう》者を、背後から斬ることにはなんの躊躇《ためら》いもなかった。

「………」

そいつは声もなく絶命した。

少し離れたところから様子を見ていた六人目の男は速やかに退き、そして去った。はじめから、雇い主への報告係として来ていたのだろう。失敗の報告は気が重かろうが、ここで命を落とすよりはましな筈だ。

「御加勢、忝《かたじけ》のうございます」

懐紙で丹念に刀身の血を拭ってから、恭《うやうや》しく三郎兵衛の手に脇差しを返す際、千鶴は深々と頭を下げた。

驚いたことに、殆ど息も乱れていない。

「そなた……」

三郎兵衛は容易く絶句した。

しばし言葉を失ったあとで、

「そなた、柔術も身につけておったのか？」

三郎兵衛は改めて千鶴に問い、

「はい。組頭になる者は、あらゆる武術に通暁し、これを下の者に指南しなければなりませぬ故——」

こともなげに千鶴は答えた。

「そうか」

軽く頷きつつ三郎兵衛は、六尺豊かだの雲衝くばかりの大女だのと、根も葉もない《葵》像が伝えられたのが、なんとなくわかる気がした。

(凄すぎるぞ《葵》、最早腕自慢の女子の域を超えておる)

あまりに強すぎる者を、《鬼》とか《鬼神》とか呼ぶ感覚とちょっと似ている。

想像を絶する桁外《けたはず》れのものに対して、人はそれほどの畏怖を抱くのだ。

「しかし、大奥を出た途端、斯様に狙われるとは、穏やかでないのう」

「はい」

三郎兵衛の言葉に同意した後、

「なれど、これではっきりいたしました」

いやにすっきりした口調で千鶴は言った。

「ん？」

「敵は私の行動を監視し、隙あらば討ち取ろうといたしました。それは即ち、金品目的以外の陰謀が存在する証拠でございます」

「そうかもしれぬが」

どこかで聞いた気がするような言葉を千鶴が口にするのを、少しく不安な気持ちで三郎兵衛は聞いた。強い思い込みは、ときに大きく判断を誤らせる。

「矢張り、徹底的に調べねばならぬようでございます」

千鶴の顔はどこか誇らしげで、寧《むし》ろそれを歓んでいるようでもあった。

（恐いもの知らずだな）

三郎兵衛は内心呆れ、同時に危ぶんだ。

刺客の人数とその強さの度合いは、陰謀の大きさと比例する。しかも、それが巨大な陰謀である以上、敵は一度や二度の襲撃では諦めない。更に人数を増やし、手強《てごわ》い者を送り込んでくることになるのだ。

己のことであれば屁《へ》とも思わぬ三郎兵衛だが、如何に強いといっても、女子の千鶴の身にそれが降り掛かるのは忍びない。

それ故暗い面持ちになった三郎兵衛の内心を、忖度《そんたく》したのだろう。

「どうかご心配なく、松波様。この者たちは、松波様のお命を狙って参りました者共《ものども》。私の客ではございませぬ」

「え？」

「松波様がそう仰有いました。『儂の客だ』と、最前はっきり……」

「それは……」

三郎兵衛が困惑して口ごもるのを待って、千鶴は小娘のようにケラケラと笑った。

「これ——」

三郎兵衛は軽く窘めようとするが、それ以上は言葉が続かなかった。無意識の笑いがこみ上げて、それをなんとか間際《まぎわ》で堪えたのだった。

第三章　廓《くるわ》にて

一

「本当にここなのか？」

勘九郎は何度も確認した。

そのたびに堂神は頷くが、勘九郎にはどうしても納得できない。

「本当に、ここに桐野が入ったんだな？」

「しつこいな」

堂神は露骨にいやな顔をしたが、執拗に念を押されているうちに、自分でも不安になったのかもしれない。

「確かに、入ったんだ」

次第にその口調は弱くなっていった。

「だけど、桐野がここに何の用があるってんだ？」

と勘九郎が再三問い返したのも無理はない。

ところは吉原。

大門《おおもん》をくぐり、待合の辻を西河岸方向に折れた江戸町一丁目の通りに並び建つ、惣《そう》半籬《はんまがき》（小見世）の中の一軒に、桐野は入ったのだと堂神は主張した。惣半籬とは、半籬（中見世）より一段格下の見世で、籬の高さもやや低い。そのあたり一帯にある小見世は、大町小見世《だいちょうこみせ》とも呼ばれている。

男が欲望を吐き出すだけのそんな場所に、果たして桐野が何故訪れるというのか。

「何の用があるかなんて、俺にわかるかよ。俺は師匠じゃねえんだから」

「桐野が、用もないのに、こんなとこへ来るわけねえだろ」

「………」

「違うかよ？」

「わかんねえよッ」

堂神は遂に怒りだした。

「だいたい、てめえなんなんだよ！　桐野桐野……って、おかしいだろッ」

「え？」

「てめえ、師匠に技を教わったとぬかしやがったな？」

「ああ、教わったよ。だったらなんだよ？」

「だったら、師匠とか先生とか呼ぶべきだろうが。なに呼び捨てにしてんだよッ」

「………」

勘九郎は絶句した。

堂神の言い分に間違いはないが、いま口にすべきことではないだろう。追いつめられて混乱しているのはわかるが、あまりに情けない。

（悪い奴じゃないが、あまりにも知恵がなさすぎる。……ともに事を為すべき相手じゃねえな）

己もまた、焦れて堂神に向かって、「師匠師匠って、うるせえんだよ」と暴言を吐いたことなど棚に上げ、勘九郎は思った。心の中でだけ、おおいに堂神を罵《ののし》った。

「おい、どうなんだよ！」

黙り込んだ勘九郎に向かって、堂神は更に言葉を重ねる。

「ああ、悪かったよ」

仕方なく、勘九郎は詫びた。

「これからは師匠とか先生って呼ぶよ」

ここで堂神と揉めたところで、なに一つ問題は解決しない。

「で、どうする？」

「え？」

勘九郎があっさり受け入れたことに、堂神は寧《むし》ろ戸惑った。

「師匠がこの見世に入ったってのが本当なら、入ってみなきゃ、はじまらねえだろ」

「あ…ああ、そうだな」

「どうする？」

「どうするって、入るしかないだろ」

「入って、どうするんだ？」

「どうするって……」

「部屋を、一つ一つ調べてまわるのか？」

「それは……」

堂神はさすがに言葉に詰まった。

「女郎屋だぞ。部屋を調べてまわるわけにはいかねえだろうが」

「では、入口で遣り手に訊くか？」

「なんて訊くんだよ？」

「なんて……」

「こちらに桐野という者は来ておりませんでしょうか、とでも訊くのかよ？」

「……」

「そもそも桐野はなんで女郎屋にいるんだ？　客としているんじゃねえとすれば、遊女としていることになるんだぜ」

「まさか……」

「あそこには、遊女か客のどっちかしかいねえんだよ」

「……」

堂神は困惑顔でしばし考え込んでから、

「じゃあ、師匠が中から出て来るように仕向けたらいいんじゃないのか？」

さもよいことを思いついた如く得意気に言ったが、

「どうやって？」

勘九郎は即座に問い返した。

「え？」

「どうやって、桐野が出て来るように仕向けるんだよ？」

「それは……」

堂神は再び考え込んだが、なかなかよい考えは浮かばぬようだった。

「例の方々が、また見世の前に来ておられますぞ、桐野殿」

許しも得ずに襖《ふすま》を開け、部屋に入って来るなり楼主《ろうしゅ》が言った。

大店《おおだな》の主人をしていた頃には上品で上等な大島を着ることが多かったが、いまは浴衣《ゆかた》のようにペラペラで下品な柄物《がらもの》の羽織を纏っている。雰囲気が変わったため、存外よく似合っていた。

もとより、桐野は事前に部屋に近づく者の気配を察している。そうでなければ、楼主の体は息をしていないだろう。不意の侵入者に対しては体が無意識に反応するのだ。

「毎日毎日見世の前に立たれては迷惑極まりない。いっそ、中にお招きしましょうか?」

「…………」

桐野は答えず、ただ研《と》ぎ澄まされた剣のように鋭い眼で、楼主――仁王丸を見返した。

艶《あで》やかな紅梅の小袖を纏い、髪も長く垂《す》べしている。化粧気はないが、元々白粉《おしろい》を塗った如く色白なので、充分に粧《よそお》った遊女に見えた。

「なにが望みだ？」

とは訊かず、ただ冷たい目で仁王丸を見据える。だが、そのようにじっと見つめられているだけでも充分嬉しいのか、

「わかっております。調べは進めております故、いま少しお待ちくだされませ」

満面に笑みを滲ませながら、仁王丸は告げた。

無表情でいてくれたほうがまだましなのに、痩せぎすの顔に似合わぬ上機嫌な微笑《ほほえ》みはあまりにも不気味すぎた。

（いまのところ、私を害するつもりはないらしいが……）

不気味な男の笑顔から、桐野は無意識に目を逸らす。用が済んだら、さっさと出て行けばいいのに、一向に去ろうとしない仁王丸を不審に思いつつも、桐野は黙殺した。

だが、言葉を交わしさえしなければ、やがて相手が根負けして去るだろうというのは、些《いささ》か甘い認識であった。

現に仁王丸は一向に去らない。

不気味なほど上機嫌な笑顔のままで、桐野をじっと見つめている。

結局、根負けしたのは桐野のほうだった。

「それで、私はいつまでここにおればよい？」

仕方なく、桐野は問うた。

「お約束したではありませんか。まさかお忘れでございますか？」

すると仁王丸は、大仰に顔を顰《しか》めて問い返す。

「忘れてはおらぬが……」

桐野は困惑するしかない。

「ああ、これは気がつきませんでした。退屈なされておいでなのですね。……それがしとしたことが、迂闊《うかつ》でございました」

「いや、私は別に……」

「さて、どういたしましょうか。例の刺客の雇い主が知れるまでは、あまり外出なさらぬほうがよいでしょうし……矢張り、外の方々にお入りいただきましょうか」

「それでは身を隠している意味がない」

桐野は静かに言い返した。

「…………」

一瞬間仁王丸は絶句したが、すぐ気を取り直すと、

「では、どういたしましょうか」

少しく困惑した様子で言った。

「生憎《あいにく》それがしは無粋者にて、桐野殿を歓ばせるような趣向は……」

言いかけて、ふと思いついたのだろう。

「こんなときは、やはり酒宴でしょうか」

忽《たちま》ち喜色を浮かべて仁王丸は言った。

だが、桐野の反応は当然の如く冷ややかだった。

「酒宴……私とお前とでか？」

「では、芸者でも呼びまするか？」

「騒がしいのは好きではない」

「では、せめて酒だけでも……如何でしょうか？」

仁王丸は大真面目な顔つきで聞き返し、

「私は下戸《げこ》だ」

短く答えて、桐野は再び口を閉ざした。

気まずくなった仁王丸は漸《ようや》く部屋を出て行った。

（一体なにを考えているのか、さっぱりわからん）

仁王丸の気配がすっかり消えるのを待ちつつ、桐野は内心長嘆息する。

仁王丸がなにを考えているかわからぬ以上、わかるまでここにいるよりほかはない。わかってはいるが、さすがに機嫌よくは過ごせそうになかった。

武州からの帰路、桐野は仁王丸の尾行に気づいた。はじめは誰かわからず、仁王丸だと気づいたときは、当然復讐されるのだろうと思った。

それ故、三郎兵衛たちの側《そば》を離れた。

伊賀の仁王丸。

大奥御用商人の《東雲屋》主人・喜右衛門と、残忍な盗賊一味《黒霧党》の頭・仁三郎という二つの顔を持つ彼は、盗賊一味を捕縛され、自身も桐野によってその身を拘束された。その折の屈辱は、到底忘れられるものではあるまい。

(以前、易々と奴を捕らえることができたのは、虚を衝いたからこそ。……まともにやり合えば、おそらく互角。或いは奴のほうが上かもしれぬ)

桐野は思案し、逡巡した。

(それでも、死を覚悟でのぞめば、勝てぬこともあるまい。相当な深手を負うことになるだろうが)

やがて意を決し、半ば己の死を覚悟したとき、意外にも、

「桐野殿」

仁王丸は桐野の前に膝をつき、恭しくその名を呼んだ。

（え？）

桐野は当惑した。

「やっとお目にかかれました」

真っ直ぐ桐野を見つめながら仁王丸は言い、

「本当は、もっと早くお会いしとうございました」

（こやつはなにを言っている？）

だが桐野は、当惑しつつも、決して油断はしなかった。

相手は、人の心を操るといわれる化け物のような敵だ。果たして、如何なる手段で人の心に忍び入るのか。一瞬でも心をゆるせば、つけいられ、支配される。それには言葉を用いるのが手っ取り早い。歯の浮くような台詞《せりふ》を口にして油断させるなど児戯《じぎ》に等しいが、絶対にないとは言い切れないだろう。

それ故、

「この仁王丸、あなた様に惚れました」

と真顔で言われても、手中の刃は、常に仁王丸に向けられていた。

「これよりは、あなた様のお下知《げち》に従います」

「それは、ご公儀の禄を食《は》むお庭番になりたい、ということか?」

こいつ、気は確かかと内心おおいに呆れつつ、桐野は注意深く問い返した。

「いいや、あなた様の配下となり、あなた様のためだけに働く、ということでございます、桐野殿」

「…………」

「これより後、あなた様の僕《しもべ》になる、ということでございます」

仁王丸は更にはっきりした言葉で告げた。

「どういうつもりだ?」

口には出さず、心の中でだけ、桐野は問うた。

己の生計を断ち、手下を捕らえさせ、剰《あまつさ》え、煮え湯を飲まされた相手に対して口にすべき言葉ではない。たとえ、籠絡して、何れ己の意のままに操るのが目的だとしても、だ。

「お疑いですな?」

微動だにせぬ桐野の表情を察して、ごく当たり前の問いを仁王丸は発した。

「無理もござらぬ。ですが、桐野殿、いまこうしておるあいだにも、あなた様が仕える松波筑後守に危機が迫っていることはご承知でしょうな?」

「…………」

無論承知していた。

三郎兵衛たちから離れ、仁王丸を自分に引き付けてみたとき、桐野ははじめて覚った。一行をつけ狙っていたのが、実は仁王丸ではなかったということを。

仁王丸からは、僅かの殺気も感じられなかった。

もとより、刃で敵の体を貫くその瞬間まで殺意を深く裡に秘め、決して気取られぬ者こそが、真の刺客だ。はじめから殺意だだ漏れで迫り来る者など、恐るるに足りない。

しかるに、三郎兵衛の一行に迫る敵は終始殺気を漲《みなぎ》らせていた。

殺気を漲らせている敵は恐るるに足りない。

だが、殺気の主は仁王丸ではなかった。もし彼が本気で一行を——三郎兵衛を襲うつもりであれば、殺気などひた隠して近づいてきただろう。

まさか、仁王丸のほかに別の襲撃者がいようとは、さしもの桐野も予測し得なかった。

あからさまな殺気の主は仁王丸ほどの強敵ではあるまいが、気にはなった。

(だが、それもこれも、こいつの仕業《しわざ》ではないのか?)

無論桐野は疑った。

仁王丸が桐野を誘い出して三郎兵衛らから引き離したところで、別の者らが一行を襲う、という一連の策なのかもしれない。

盗賊団の《黒霧党》は火盗改《かとうあらため》に捕らわれて壊滅したが、あれほどの組織を統率していた仁王丸だ。まだまだ手下はいるだろう。

「断じてそれがしの手下ではございませぬよ」

桐野の心中を察して仁王丸は言ったが、もとより桐野は彼の言葉など僅《わず》かも信用してはいない。

ただ、いやな予感が的中したのではないか、という虞《おそれ》はあった。

そもそも此度武州への検分については、二人の大目付の思惑とは全く違った陰謀の出来《しゅったい》をこそ、桐野は危惧していた。

目安箱に投書された山泥棒の件でもなければ、稲生正武が信じて疑わぬ「隠し金山」などというお伽噺《とぎばなし》でもない。

もっとなにか、危険で深刻な問題が起こっていることを、三郎兵衛は予感した。だからこそ、稲生正武の計略にまんまとのったふりをして武州に赴《おもむ》いた。松波三郎兵衛とは、そういう男だ。

そして、いざ来てみれば、微行《おしのび》の大目付二人が忽ち刺客に襲われた。

ために、稲生正武は、己の読み――武州の何処かに潤沢な隠し金山があることを確信した。これ幸いと、桐野はそのことを三郎兵衛に告げた。すべては稲生正武のくだらぬ私欲であると思わせ、早々にこの件から興味を失わせるためだった。

そもそも二人の大目付を襲った刺客は、さほど本気の刺客ではなかった。いや、仮に本気であったとしても、やれるだけの力量はなかった。それは三郎兵衛も感じた筈だ。

（あれが仁王丸の仕業であれば、こちらを油断させるための策であろう。そこそこに手強《てごわ》い刺客を、間一髪《かんいっぱつ》防いだとなれば、ひとは安堵する。安堵すれば、当然隙が生じる）

すべてが仁王丸による周到な計画なのだとすれば、それはそれで腑に落ちる。

なにはともあれ、危険な仁王丸だけは、三郎兵衛らから引き離しておかねばならない。

桐野は、仁王丸の言葉など僅かも信じてはいなかったが、己の勘は信じて疑わなかった。

「では、手を貸してもらおうか」

「もとより、そのつもりでございます」

即ち、桐野と仁王丸とは、三郎兵衛の一行を狙う殺気の集団に向かって引き返したのだ。仁王丸を単独で三郎兵衛に近づけぬための苦肉の策だった。なにか企《たくら》んでいたとしても、至近距離で見張っていればどうにか防げる。

だが、このとき仁王丸の主導で刺客の掃討を行ったのは、桐野にとって痛恨の失策だった。

刺客たちの心を操った仁王丸は、彼らをして、自ら断崖の下へと身を投げるよう仕向けたのである。おかげで桐野は、刺客の力量がどれほどのものだったのかを確かめることができなかった。

(これでは、どこの手の者かもわからぬ)

臍《ほぞ》を嚙んだが、どうにもならない。

「お気に召さぬご様子ですな」

まるで桐野の心中を読んだが如く仁王丸は言ったが、心を操るという彼の術が、読心術と催眠術を組み合わせたようなものだということは、このときには既に桐野にも察せられていた。

堂神の《千里眼》のように持って生まれた能力であれば封じる術はないが、修練の果てに身につけた術であれば、封じる手だてはある。

それ故桐野は、しばらく仁王丸と行動を共にしてみることにした。

その真意はわからぬが、とりあえず桐野を殺すつもりはなさそうだと察したからだ。

勿論、いつ相手の気が変わらぬとも限らず、気を抜けぬことではあろうが。

「全員殺してしまっては、正体を突き止める術がない、とお考えですね？」

仁王丸は易々と桐野の心を読んだ。

「ご安心ください。谷川に落ちたくらいでは死にませぬ。……何人か死んでも、一人か二人は生きておりますから、水からあがってくるのを待ち、そやつらのあとを尾行《つ》けさせます」

「誰に尾行けさせるのだ？」

「もとより、それがしの部下でございます」

「お前の？」

桐野は訝《いぶか》った。

「部下はおらぬ筈では？」

「いえ、たまたまこの近くに伊賀の隠れ里がございまして。里の者たちは、別にそれがしの部下というわけではございませぬが、桐野殿もよくご存じのように、我ら伊賀者は容易く金で雇われます故」

「お前が、己の金で雇ったのか？」

いよいよ訝った。利を最優先する伊賀者が、一文の得にもならぬことのためにわざわざ金をやって同朋《どうほう》を雇うだろうか。

だが、

「店を失い、《黒霧党》の稼ぎもすっかり失いましたが、まだまだ貯《たくわ》えはございます」

桐野の疑念を振り払おうとしてか、仁王丸は懸命に言い募った。

「お前が雇った伊賀者を、私のために使ってくれるのか？」

「そりゃあもう、桐野殿のためでしたら……」

満面の笑みを見せながらも、仁王丸はちょくちょく厭味《いやみ》を口にした。桐野に心服しているなどというのは矢張り出任せで、腹の底ではなにか企んでいるのだろう。

「刺客のあとを追い、黒幕も必ず突き止めまする。それまで、私と共に——」

「私をどうするつもりだ？」

「どうもいたしませせぬ。おいやでなければ、調べがつくまで、それがしと一緒にいていただけませぬか？」

勿論いやだが、さあらぬていで、桐野は仁王丸に従った。桐野が従わねば、仁王丸は、三郎兵衛に接近するかもしれない。それだけは避けねばならない。

（何処に連れて行くつもりだ？）

訝る桐野を、仁王丸は江戸へ、そして吉原へと連れて行った。

「いまはこの見世の楼主をしております」

と仁王丸が桐野を連れていったのは、吉原の江戸町一丁目にある大町小見世の中の一軒だった。
十八、九から二十七、八まで、全部で六人ほどの遊女を抱える、小さな見世である。
「それがしはこれまで、桐野殿がご存じのお店以外にも、さまざまな商いをしてまいりましたが、世間から身を隠したいときはこれに限ります」

「なるほど」

桐野はうっすらと微笑みながら頷いた。

道中、己を見る仁王丸の目に、本物の執着を感じ取った。視線を向ければ素直に喜び、言葉を発すればもっと歓ぶ。気味悪く思う一方で、桐野は冷ややかに仁王丸を観察した。

「ある日突然、隣りの見世の楼主が代わっていようと、誰も詮索などいたしませぬ。女郎の場合も同様、頭数さえ合っておれば、惣《そう》名主もそれ以上は詮索いたしませんし、人が変わっていようと、誰も、気にもとめませぬ」

歓んだ仁王丸は嬉々として言い募った。

「私は、遊女になるのか？」

「め、滅相もない」

仁王丸は大慌てで首を振る。

「桐野殿は、客人でございます」

本気で慌てているようだった。桐野とて、長年修羅の中を生きてきた。人の心を操る術には長《た》けていないが、その心中を読むくらいは朝飯前だ。

「ですが、ここにいるあいだは、女子《おなご》の姿でいていただけますか。他の遊女たちの手前もございます故――」

仁王丸は懸命に言い募った。

その懸命な感情に、嘘はなさそうだった。

仁王丸が桐野のために用意したのは、遊女が着るような派手な紅梅地に金糸がふんだんに入った贅沢《ぜいたく》な小袖と金襴《きんらん》の帯だった。

「これは、ご禁制の贅沢品だな」

「お気に召しませぬか？」

「いや、気に入った」

桐野は躊躇《ためら》うことなく袖を通した。

役目柄、そういう扮装にも慣れている。女の着物を身につければ、ごく自然に、女の所作をしてのけた。

楼内の遊女たちは、桐野のことを女と信じて疑わなかったし、楼主が特別扱いしているところから、大方彼の想いものであろうと推測した。

日頃から無慈悲な楼主に、そういう相手がいたことを、遊女たちは意外に思ったが、どうやらあまり好かれていないらしい、と知ると、小躍《こおど》りせんばかりに歓んだ。日頃自分たちに厳しい楼主が、想い人から冷たくされているなど、実に痛快な話である。

ために桐野は、忽ち遊女たちから好かれ歓迎された。

「姉様、御髪《おぐし》を梳《す》いてさしあげます」

「姉様、一緒にお菓子を食べましょう」

「姉様、文を代筆していただけますか？」

遊女たちの誘いや申し出に、桐野はすべて機嫌よく応じることにした。

遊女たちと仲良くなり、話を聞き出すことは、現状で桐野にできる、唯一の諜報活動であった。

二

「…………」

そのとき、桐野の部屋に通された勘九郎と堂神は桐野の姿を見ると、一瞬間息を呑んで絶句したが、桐野もまた、同様に絶句した。

だが、すぐ気を取り直すと、

「おい――」

二人を連れてきた仁王丸に向かって険しい目を向けた。

「貴様、どういうつもりだ？」

「仕方がなかったのです」

仁王丸は困惑顔で言い訳した。

「お二方が、見世の前で、突然大喧嘩をはじめられまして……」

交々《こもごも》と、言い募る。

「はじめは無視していたのですが……亡八《ぼうはち》が止めても止まらず、大暴れされまして、次第に野次馬も集まってきまして……あまり見世の前で騒がれますと……その、商売にも支障がでますもので……」

「それほど商売が大事か?」

「そりゃあ、そうです」

桐野の冷ややかな問いに、仁王丸はさも心外《しんがい》そうに頷いた。

「それに、騒ぎが大きくなり、門番所の同心などに目をつけられ、痛くもない腹を探られるのは真っ平でございます」

早口で言い残して、仁王丸は早々に引っ込んだ。これ以上、桐野から冷たい目を向けられ、叱責されるのがいやだったのだろう。

あとには勘九郎と堂神が残される。

勘九郎と堂神は、桐野の部屋の前につっ立ったまま、黙って手を拱《こまね》いていた。再会した桐野の姿が意外すぎて、すぐには言葉が口をついてくれないのだろう。

無論桐野は、最前二人が路上で見え透いた猿芝居をはじめたことも、そのため見世の前に、花魁《おいらん》道中でも来たかと思うほどの大人数が集まってきたことも知っていた。

その一部始終を二階の部屋から他人事《ひとごと》のように眺めていたのだ。

知ってはいたが、まさか仁王丸が斯《か》くも易々と二人を見世に招き入れてしまうとは夢にも思っていなかった。

桐野の身柄を独占し、人目から隠していることに、無上の歓びを感じていた筈だからである。

しかし仁王丸は、存外あっさり桐野を裏切った。

(あてにならぬ奴だ)

桐野は内心憤慨したが、無論それを表に出したりはしない。

「いつまでもそんなところにつっ立っていないで中に入れ。妓《おんな》たちが見ている」

極力抑えた声音で桐野は言った。

厳しい言葉は堂神に向けられたものだが、その怒りは無論勘九郎にも同様に向けられている。

「入ったら、襖を閉めよ」

「はい」

堂神は唯々《いい》として従い、桐野の前に小さく座した。

勘九郎も直ちにそれに倣う。

ところが、座った途端に忽ち口が滑《すべ》り、

「桐野、その着物——」

言いかけて、

「師匠、すごく綺麗だ。よく似合ってる」

慌てて言い直したが、桐野は無言で勘九郎を睨んだ。

さすがに、堂神に対するように頭ごなしに叱責することはしないが、怒りの度合いは同じである。そんな目で桐野から見られたことのない勘九郎は、先ずそのことに戦《おのの》き、口を噤《つぐ》むしかなかった。

「どういうつもりだ、堂神」

「…………」

「何故私の行方など捜すのだ。誰がそんなことをお前に命じた？」

「そ、それは……」

「何故命じられもせぬことをする？」

「師匠のことが、心配だったんだよ、堂神は！」

見かねた勘九郎が勇気を振り絞って口を挟むと、

「若には訊いておりませぬ」

明らかに、黙っていろ、と同義の言葉を投げつけられた。

「それに、さっきから私のことを師匠などと呼んでおられるが、どういうおつもりです」

「それは……以前桐野にいろいろ教わったから……教わった以上、師匠と呼ばなきゃ」

「堂神めが、若にそう強要したのですね」

「違うッ、違うよ！」

勘九郎は慌てて首を振るが、その激しい否定こそが、桐野の言葉を肯定したことにほかならなかった。

「俺が勝手にそうすることにしたんだ。堂神は関係ない」

これ以上、桐野から一方的に怒られるのは気の毒だと思っての援護射撃だったが、すべては逆効果というものだった。

「私は、若を弟子と思うたことなど、一度もございませぬ」

ピシャリと言い放って、桐野はしばし口を閉ざす。

その上で、折角のお膳立てをすべて無駄にしてくれた、阿呆で不出来な弟子たちの顔を改めて熟視した。

二人の弟子は、ともに居心地の悪そうな様子で小さくなっている。その情けないさ

まを見るうちに、

（私は一体なんのために、こんなところでじっと堪え忍んでいたのだ）

口に出せない怒りは、桐野の心の中で弥増《いや》してゆく。

そうとも知らずに堂神は、

「さっきの奴、《黒霧党》の頭よな、師匠？」

漸く自らの疑問を口に出した。

理解しがたいこの状況を、己に納得させるまでにはそれなりのときが必要だったのだろう。

「それがどうした？」

「なんで師匠が、あいつと一緒にいるんだ？」

「…………」

堂神の真っ直ぐな視線が、少なからず桐野を狼狽《ろうばい》させる。

「あいつに捕らえられてたんだよな？」

「…………」

堂神の問いの意図を、無論桐野は理解した。それ故、ここは態度を変えねばならぬという思案も瞬時に行った。

「畜生、あの野郎、許せねえ。よくも師匠をこんなところに……」

「それは違うぞ、堂神」

堂神の怒りを承知の上で、桐野は敢えて笑顔を見せた。堂神にとっては珍しい桐野の笑顔に、堂神は案の定戦慄した。

「私は、自らの意志でここにいる」

「え?」

だが、勘九郎と堂神は異口同音《いくどうおん》に驚いた。

「聞こえなかったか? 私は自らの意志でここにいる、と言ったのだ」

「き、聞こえたけど……」

勘九郎は戸惑い、堂神はただただ絶句する。

「まだわからぬか? 私はここで、仁王丸に、囲われているのだ」

「………」

声にならない二人の驚愕は更に増す。

「この部屋を見よ。調度もしつらいも、なにもかも隅々まで行き届いており、なんの不足もないであろう。それに、若も褒めてくだされたこの着物、これも仁王丸が私のために用意したものだ」

「桐野……いや、師匠、それはつまり――」

「仁王丸は私の情夫《いろ》だ」

ことをなげに、桐野は述べたが、その一言のもたらす破壊力は、絶大であった。

「嘘だ！」

「嘘だろ！」

異口同音の二人の声は、だが心の中でだけ発せられた。

二人とも、咄嗟《とっさ》に声を呑んだのだ。それほどに、そのことへの衝撃が大きかった。

もとより、桐野の言葉は、同じ楼内のどこかで聞き耳を立てているに違いない仁王丸に聞かせるためのものでもある。伊賀者の聴力は、常人の二、三倍。どの部屋にいようと、耳を欹《そばだ》てていれば余裕で聞こえるだろう。

「仁王丸は私に心服し、今後は私のために働くと言ってくれた。それ故私は、自ら働くことなく、ここで下知を下すだけでよくなった。これほど楽なことはない」

「嘘だーッ」

堪え性がないのは、矢張り堂神のほうだった。ひと声叫ぶなり立ち上がると、出て行けと命じられたわけでもないのに、自ら部屋を出て行った。

どどどどどど……

雪崩《なだれ》のような音をさせながら、階を駆け降りる足音がする。

その足音が消えたところで、

「ひどいよ、桐野」

勘九郎が語気強く抗議した。

「堂神は、お前のことを本気で案じて、来る日も来る日も、道灌山の上からお前を捜していたんだぜ」

桐野の表情は変わらないが、さすがに勘九郎はその言葉を鵜呑みにしてはいなかった。平然とひどいことを口にしたのは、それが真実からほど遠いものであるために相違ない。単純な堂神はあっさり騙されたかもしれないが、勘九郎はそこまで簡単ではない。

「わかっています」

とは言わず、だが桐野はそのとき、無言で表情を和らげた。

「なのに、あんな言い方はねえだろッ」

いつもの桐野の、慈母の如き表情を見た瞬間、勘九郎はなにかを悟ったが、すぐに口調を改めるのもよくないと思い、なお語気強く言い放った。

「…………」

そのことに満足したのか、桐野の表情は更に和らぐ。

「だいたい、あんたお庭番だろ。祖父さんの警護もしねえで、こんなとこでなにやってんだよ」

「確かに私は御前の護衛でございます。ですが、御前から叱責されるなら兎《と》も角《かく》、あなた様に言われるおぼえはございませぬ、若」

「なんだとッ！」

「どうも、若は血の気が多うございますな。お若いから仕方ありませぬが。……折角こちらへおいでになったのですから、二朱女郎《にしゅ》でもお抱きになって、少し血を鎮められてはいかがです？」

「ふ、ふざけんなッ！」

芝居と承知していても、桐野の言い草は容易く勘九郎を激昂させた。

「てめえ、金輪際許《こんりんざい》さねえからなッ」

怒りの一声を叩きつけるなり、勘九郎も又踵《きびす》を返して桐野から去った。

或いは、もっと過剰に芝居をすればよかったのか、多少悔いは残ったが、一度踵を返したからには、二度と振り向きはしなかった。

三

「もういい加減にしろよ、堂神」

貧乏徳利の酒をぐいぐい直飲《じか》みしながら、ボロボロと泣き続ける堂神の大きな背を、勘九郎は何度も撫でた。

部屋を飛び出したときの思い詰めた顔が気になり、桐野の部屋を出てから、勘九郎は必死に堂神を探した。

いまにも大川《おおかわ》に飛び込みそうな顔つきであった。

桐野のいる小見世を飛び出した堂神は、仲の町を真っ直ぐ駆け抜けたのだろう。駆け抜けて、大門を出たところで力尽きたのかもしれない。あまりに激しすぎる感情を爆発させた者にはありがちなことだ。

見返り柳の側の土手でしゃがみ込み、他愛なく泣いていた。

日本堤《にほんづつみ》の土手には、吉原通いの客を見込んで多くの飲み屋が連なっている。

勘九郎は無理矢理堂神を立たせると、それらの飲み屋の一軒に連れていった。

もともと、吉原《なか》へ繰り出す勢いをつけるために、二、三杯ひっかける目的の店だ。

じっくり腰を据えて飲む者はいないから、ろくな肴《さかな》も出てこない。

「兎に角、酒くれよ」

と勘九郎が頼むと、冷やのままの酒が五合ほどの大きさの貧乏徳利で提供された。すぐさまそれをひっ掴んだ堂神は、徳利に口を付けてぐびぐびと喉に流し込む。

「おい、やめろよ。行儀悪いな」

勘九郎は止めたが、堂神はかまわず飲み続けた。息が続く限り飲み続けた後に、

「ああああああぁ〜〜〜」

不意に激しく慟哭《どうこく》した。

店の女は、束の間ギョッとしたようだが、すぐに常の表情に戻った。場所が場所だけに、妓《おんな》に袖にされた男がやけ酒を呷《あお》りに来るのは珍しくないのだろう。

「あんなの桐野の芝居だ。わかるだろ」

慟哭する堂神の背を優しく撫でながら、勘九郎は言った。

「本気にすんじゃねえよ」

「…………」

堂神は答えず、あたりも憚《はばか》らずに泣き声をあげる。時折、うぉーッとか、わあぁーッとか、幼児のように他愛ない声すらあげた。

「あの仁王丸ってやつのことを探るために、側にいるだけなんだろ？　それくらい、わかるだろ？」

「あ…あやつは、恐ろしいやつなんだ」

堂神は漸く人語を発した。

「え？　あいつを知ってるのか？」

「あやつは、極悪非道な盗賊団《黒霧党》の頭で、人を操る術に長けた恐ろしい伊賀者だ。以前、師匠の言いつけで捕らえて見張っていたのだが、まんまと逃げられた」

「逃げられた？　お前が見張ってたのに？」

「ああ、逃げられた。あやつは妙な術を使うんだ。……気がついたら、眠らされてた」

堂神の口調に悔しさが溢れたのは、そのときの口惜しさがありありと甦《よみがえ》ってきたからにほかならない。

「あんな術を使われたら、師匠だって……」

「師匠だって？」

「そうか！」

堂神は不意に憑き物の落ちたような顔になり、

「師匠は奴の術に操られてるのか！」

　すると忽ち、いつもの元気を取り戻してゆく。

「そうだ！　そうに違いないわい!!」

「おい、堂神――」

「くそぉ、仁王丸の野郎、よくも師匠を！」

　いきり立つ堂神を、呆気にとられて勘九郎は見つめた。

　堂神は、桐野が仁王丸の術に操られていると己に言い聞かせることでどうにか己を宥《なだ》めたようだが、勘九郎にはそうは思えなかった。

　小見世にいた桐野は勘九郎の見る限り正気であったし、仁王丸になにかを強要されているようにも思えなかった。自らも口にしたとおり、桐野は己の意志であの場所にいるのだ。

　何故なら、仁王丸は、確かに手強い敵なのかもしれないが、あの瞬間の桐野からは全く緊張感が感じられなかった。寧ろ、適度に寛《くつろ》いでいるように見えた。

　そのことに勘九郎は驚き、うっかり桐野の言葉を信じかけた。てっきり堂神も、そのことに狼狽《うろた》えているのだとばかり思っていた。

　正気の桐野が仁王丸の見世にいて、艶やかな着物を身に纏っている。

それだけでも、堂神にとっては気も狂わんばかりの状況なのに、それを易々と受け入れているかのような桐野の態度が更に追い討ちをかけた。桐野を敬愛すること、神仏を崇《あが》めるがごとき堂神にはさぞや受け入れがたい光景であったろう。

それ故、堪えきれずに自ら立ち去った。

そこからは、自ら混乱し、幼児のように泣きじゃくるしかなかった。

その根底にあるのは、恋しい女に袖にされた男の嘆きではなく、まさに母親に見捨てられた幼子のそれだった。

勘九郎の場合はさすがにそこまで幼稚ではない。

仁王丸に対して単純に嫉妬した。

だが、桐野の表情の明らかな変化を見て、その心中を容易に察することができた。

即ち、

(桐野は、なにか目的があってここにいる)

ということを、瞬時に理解した。

あとは、その表情からできるだけ多くの情報を読み取ることだった。

桐野が口にした言葉は真実ではないが、己の意志でそこにいる、という一事だけはおそらく真実だ。だとしたら、勘九郎に対して、なにかを伝えようとするはずだ。

だから、敢えて声を荒らげてみせた。

すると、桐野はあからさまな言葉で勘九郎を挑発した。より激昂するよう仕向けたのだ。

その結果、

「金輪際許さねえ」

という勘九郎の捨て台詞を引き出した。

捨て台詞を吐いて去った者がとるべき行動は、ただ一つ。金輪際あの小見世には近づかぬことだ。桐野はそのことを勘九郎に伝えたかったのだ。

そうに違いない、と勘九郎が確信したとき、

「…………」

堂神が無言で立ち上がった。

「どうした、堂神？」

やおら立ち上がるなり、店を出ていこうとする堂神を、勘九郎は慌てて呼び止めた。

「何処へ行くんだ？」

「決まってるだろ。師匠を助けに行くんだよ」

「おい、待て」

法衣の肘《ひじ》を摑んで、引き戻そうとするが、容易く戻せるものではない。

「何故止める？」

「考えてもみろ。師匠が捕らわれるほどの強敵だぞ。お前が行って、勝てると思うのか？」

「…………」

「それに、お前、一度はまんまと逃げられてるんだろ？　お前まで捕まったら、金輪際師匠を救い出す術はないぞ」

堂神はピタリと動きを止めた。

痛いところを鋭く衝《つ》かれて、動くに動けなくなったのだろう。

「じゃあ、どうすればいいんだ？」

「お前、目がいいんだよな？」

途方に暮れる堂神に、勘九郎はふと問うた。

「それがどうした？」

「お前の《千里眼》で、奴を見張れねえかな？」

「え？」

「離れたところからでも、相手のことが見えてるなら、余裕で見張れるじゃねえか」

「………」

「仁王丸って奴を、遠巻きに見張るんだよ。だって、迂闊に近寄ったら、心を操られちまうんだろ？」

「あ、ああ……」

「だったら、相手に気づかれねえくらい遠くから見張るしかねえだろ」

「なるほど」

堂神は納得した。

「で、見張ってどうするんだ？」

「仁王丸は、桐野を逃がしたくないから、殆《ほとん》ど廓《くるわ》から外に出ねえようにしてるに違いねえ」

「うん」

「けど、楼主同士の寄合とか、どうしても外に出なきゃならねえときがある筈だ」

「おう！　そのときを狙って師匠を助け出すんだな」

堂神は忽ち目を輝かせた。

「いや、その頃には桐野…じゃなくて、師匠から、なにか指示があるはずだから、それを待ったほうがいい」

堂神のやる気を危険と感じた勘九郎はすかさず釘を刺した。

必ずしも堂神の千里眼を信用しているわけでもない勘九郎がそんな提案をしたのは、もとより堂神の暴走を封じる目的にほかならないが、我ながら妙案であると勘九郎は思った。

四

「元々私は姑《しゅうとめ》からも夫からも嫌われていたのです」

若侍姿の千鶴は屈託のない顔で言い、自ら笑った。

「仕方ありません。幼い頃から武芸の稽古ばかりで、炊事も繕《つくろ》い物も、女子の為すべきことはなにも習ってきませんでしたので。……こんな嫁、誰だっていやにきまってます」

「武芸自慢の嫁もよいではないか。いざというとき、頼もしいわ」

その笑顔に、ぼんやり見入りながら三郎兵衛は言う。

「それが、実際にあったのです」

「なにが?」

「その、いざというときがでございます」

「いざというとき？」

「あるとき、屋敷に強盗が忍び入ってきたのでございます」

「旗本屋敷にか？　大胆な賊だな」

「主人《あるじ》が腰抜けだという噂が広まっていたのでしょう。……六人ほどで押し入ってきて、『女房を殺されたくなかったら、金を出せ』と――」

「その、女房というのはそなたのことか？」

「はい」

千鶴はさも嬉しげに頷いてから、

「賊どもは私を捕らえ、質《しち》にするつもりでした」

「身の程知らずの輩《やから》だな」

「ええ、ど素人《しろうと》揃いでしたよ。私に匕首《あいくち》を向けてきましたので、その手を摑んでへし折ってやりました。奪い取った匕首で、他の奴らの手足を少し多めの血が出る程度に切ってやりましたら、慌てて逃げ出そうとするので、こちらも慌てて捕まえました」

「捕まえたのか？」

「捕まえて、番屋に突き出さねば、また別の家に押し入るではありませぬか」

「それはそうだが……」

三郎兵衛は苦笑した。

人の気性というものは、そう簡単には変わらない。

きっと若い頃からの気性のまま、いまの千鶴がいるのだろう、と三郎兵衛は思った。

市中を探索するにあたって、千鶴には若衆髷《わかしゅまげ》の若侍の姿をさせ、刀を帯びさせた。千鶴は素手《すで》でも大丈夫だと言い張ったが、襲撃の危険がある以上、矢張り得物は帯びていたほうがいい。

それに、一度失敗したとなれば、次からはさし向ける刺客の腕をつり上げるのが常道だ。

「なれど、主人も姑も、それからしばらく不機嫌でございました。いけ好かない嫁に救われたことが余程気に障《さわ》ったのでしょう」

「しかし、そもそも何故そなたは左様な腰抜けの亭主に嫁いだのだ？」

「義姉《あね》の実家から持ち込まれたものでしたので、無下《むげ》にお断りすることができませんでした。我が家は八百石の旗本、義姉の実家は千五百石。ずっと格上でございますれば、兄は義姉の言いなりです。それをよいことに、義姉はもう、権高《けんだか》で権高で……」

（よく喋《しゃべ》る女だな）

と思いつつも、三郎兵衛はその話に耳を傾けている。平素から、しょうもない女のお喋りなど、この世で最も不要なものと思っていた筈なのに。

「だが、もし子ができておれば、そなたはいまでも婚家にいたのかもしれぬ」

「さあ、どうでしょう。たとえ子ができても、何れ離縁になったかもしれませぬ」

「子を産んだ女を離縁はできまい」

「わかりませぬ。私は本当に嫌われておりましたので――」

一向悪びれぬ様子で言い、また自ら声をたてて千鶴は笑った。

自らのあまり宜《よろ》しくない過去を明るく笑い飛ばせる者は少ない。

「で、そなたを離縁した後、亭主は別の女子を娶《めと》ったのか？」

「はい。半年とたたず、すぐに娶ったようでございます」

「子はできたのか？」

「さあ……私も、実家の居心地が悪く、別式女としてすぐに大奥にあがってしまいましたので、わかりません」

「そうか」

「私のことより、松波様こそ、早くに奥方様を亡くされて、何故御再婚なさらなかったのでございます？」

「儂《わし》か？」

急に水を向けられ、三郎兵衛は戸惑った。

「儂は……」

「御不自由ではございませんでしたか？」

「早くにといっても、儂もそれほど若くはなかったし、特段不自由はなかったのう」

「でも、松波様ほどの御大身《ごたいしん》ともなれば、後添いの話はいくらでもあったのではございませぬか？」

「どうだったかのう？　一つ二つはあったろうが……儂は養子で、親しい親類もおらなんだから、それほど強く勧めてくる者はなかったのう」

「どなたか、お心にかなうお方はいらっしゃらなかったのですか？」

「だから、もう若くはなかった、と言っておろうが」

仕方なく言い返しつつも、そのときチラッと、もう一人の千鶴のことが三郎兵衛の脳裡を過《よぎ》った。

確かに、あのときですらもう若くはなかった。若くはなかった筈なのに、何故あんな気持ちになったのか。ほろ苦い悔恨が胸に満ちる。

「儂のことはよいのだ。だが、そなたはまだ若いではないか」

己の中の悔恨を振り払うため、三郎兵衛はふと口調を変えた。

「この先もずっと、大奥勤めを続けるつもりか？」

「やっと組頭になれました。別式女は天職にございます」

「もう金輪際、嫁ぐつもりはないのか？」

「どうせ石女《うまずめ》でございます」

「わからぬではないか。別れた亭主に子ができていなければ、亭主のほうが種なしだったことになる」

「今更、どうでもようございます」

「しかしだな、《葵》――」

三郎兵衛は思わず、千鶴ではなく《葵》と呼んだ。

「いや、千鶴――」

慌てて呼び直すが、

「いえ、どうぞ《葵》とお呼びください」

千鶴は自ら願い出た。

三郎兵衛の態度から、なにかを察していたのだろう。千鶴という名を口にするのも憚られるような、辛い記憶のあろうことは想像に難くなかった。

「私は《葵》、武芸しか能のない女。嫁のもらい手など、金輪際ございませぬ」

誇るでもなく卑下するでもなく、淡々と言い、

「大奥勤めは、我が天職でございます」

相変わらず朗らかな笑顔ながらも、断固たる強い語調でもう一度千鶴は言った。

もうこれ以上、それについてはなにも言ってくれるな、という千鶴の心の叫びに相違なかった。


「もうすぐ川開きでございますね」

「もうそんな時期か」

「松波様は船を出されますか？」

「いや、孫がまだ幼かった頃には何度か連れて行ったこともあるが、近頃はとんと行っておらぬな」

「久しぶりにお出かけになりませぬか？」

「連れて行ってほしいのか？」

「私は結構でございます。人混みは好きませぬ」

「なんだ。可愛くないのう」

「最早可愛い歳ではございませぬ」

他愛もないお喋りを続けながらも、千鶴は周囲への目配りを忘れてはいない。

「昨日あの女子を見かけた場所へ行ってみます」

と言い、千鶴が三郎兵衛を連れて行ったのは、広小路西詰まり、お東こと東本願寺《ひがしほんがんじ》の裏門だった。門前町ではあるが、酒屋も湯屋《ゆうや》もある。身形《みなり》や雰囲気から、千鶴はその女の現在の仕事を、酒屋の酌婦か湯女《ゆな》であろうと予想した。

しかし、同じ場所で同じ人物に遭遇できる確率は、限りなく低い。

千鶴は再び女を見つけることはできなかった。

「矢張り、江戸は広うございます」

千鶴は長嘆息した。

「だから、儂のことなど気に留めず、女を追って行けばよかったのだ」

とは言わず、三郎兵衛は聞き流した。

今更言っても詮無《せんな》いことだ。

「一度出会ったのだ。そのうちまた出会うだろう」

慰めとも気休めともとれる言葉を三郎兵衛が口にしたとき、千鶴の足がふと止まった。その目は、人気の餅屋の前に屯《たむろ》する客の一群のほうへ向けられている。

「どうした？」

三郎兵衛は耳許に低く訊ねた。

「《東雲屋》です」

「なに？」

「行方知れずといわれている《東雲屋》の主人がおります」

「どこに？」

「三十歩ほど前方、やや右の方向に……」

と答えつつ千鶴は体の向きを変え、三郎兵衛のほうを向く。目指す相手に気取られぬための配慮に相違ない。

「四十がらみで痩せぎすの……派手な長羽織を着た男です」

と低く囁いてから、再びゆっくりと体の向きを変える。

「身形は随分変わっておりますが、あれは失踪した《東雲屋》の主人・喜右衛門です」

と断言しながら、千鶴の視線は男とは別のところに向けられる。それでも、彼女の言う、如何にも軽薄そうなペラペラの長羽織の男の姿はすぐに見つけられた。

（あの男が《東雲屋》の主人だと？）

痩せぎすで陰気そうな男だが、同じような恰好をした連れの者と歓談し、常にヘラヘラと薄笑いを浮かべている。そういう身形の者は、妓楼の主人など、色街の関係者に多い。

（《東雲屋》の主人は伊賀者で、江戸から去った筈だが……）

「あれは、どう見ても色街の遊冶郎《ゆうやろう》だな。本当に《東雲屋》の主人なのか？」

「別式女が、大奥に入って最初に課せられるのはなんだと思います？」

「なんだ？」

「大奥に出入りする外部の者の顔を、一人残らず覚えることでございます。出入りの植木職人から、芸人、役者……出入り商人の顔を、見覚えます。たとえ、姿形が変わってもひと目で見出せるよう、繰り返し繰り返し見て、覚えるのでございます」

「断じて見間違えることはない、と？」

「はい、断じて――」

頷き、歩を進めようとする千鶴の肘を、だが三郎兵衛はすかさず摑んで引き止めた。

「松波様？」

「まあ、待て――」

「何故でございます？」

「お庭番の調べによれば、《東雲屋》の主人は伊賀者だ。あとなど尾行ければすぐに気づかれる」

「では、尾行けたりせず、話を聞きます」

「話を？」

「はい。何故突然出奔したのか、問い質します。大奥出入りの者なのですから、それくらい問い質したとて、不思議はございませぬ」

「だがその場合、奴はしらを切りとおすかもしれぬな」

「え？」

「なんのために、身形を変えていると思う？　万一旧知の者と出会うても、別人だと言い張るためだ」

「ですが、私の目は誤魔化されませぬ」

「たとえそなたの目が節穴でなかったとしても、言い逃れられればそれまでだ。それに……」

「それに？」

「相手は伊賀者だ。どんな手を使ってくるかわからぬ。そなた、伊賀者を相手にした経験はあるまい」

「はい」

「なればこそ、迂闊に近寄ってはならぬ」

「ですが……」

千鶴は戸惑い、

「では、このまま見過ごせと仰有《おつしや》るのですか？」

思わず声を高めようとする。

三郎兵衛は慌てて目顔で制した。

相手は、百歩離れたところから針の落ちる音も聞きわけるといわれる伊賀者だ。こちらの話し声もしっかり聞かれているかもしれない。

（こんなとき、桐野がいてくれたら……）

思うともなく三郎兵衛は思ったが、詮無いことだった。

「上手《うま》くいくかはわからんが、兎に角できるだけ距離をとって尾行けてみよう」

伊賀者ごときを恐れて尻込みしていると思われるのも癪《しやく》なので、《東雲屋》ともう一人の男の背が遠く去るのを待ってから三郎兵衛は言った。

言うとともに、歩を踏み出す。

幸い、派手な色の長羽織のおかげで、距離をとっても見失わずにすみそうだったが、その鮮やかな色彩も、気がついたときにはいつしか視界から消えていた。

「見失いました」

「見失ったな」

異口同音に言ってから、二人はともに口を閉ざした。

なんとなく、気まずかった。

第四章　かなわぬ願い

一

「仁王丸の野郎、出かけるようだぞ」

「見えるのか？」

鰻《うなぎ》を突《つ》く手を止めて、勘九郎は堂神に問い返した。

「ああ、どうやら、楼主同士の寄合だな。似たような羽織の連中が集まってくる」

「集まる？　何処に？」

「近くの茶屋だろ。茶屋に集まって、酒飲んで、あれこれ悪巧みするんだろう」

「茶屋って、何処の茶屋だよ？」

「仲の町の隣の茶屋だ。店の名前まではわからねぇ」

「…………」

（本当に見えてるのかな？）

窓の桟《さん》に凭《もた》れて乗り出すように外を見続ける堂神を見ながら、勘九郎は少しく首を捻《ひね》る。

相手に気づかれぬよう、遠巻きに仁王丸を見張る、と決まったとき、早速道灌山へ登ろうとする堂神に、

「なあ、それ、道灌山の上からじゃなきゃ駄目なのか？」

勘九郎は問うた。

「え？」

勘九郎の問いの意味がわからぬのか、堂神は一瞬間ポカンとした。

「どういう意味だ？」

「道灌山に登るのは、江戸の何処にいるかわからねえ者を捜すためだろ。けど、何処にいるかわかってる奴を見張るなら、なにも道灌山の上からじゃなくても、いいんじゃねえのか？」

「さあ、どうかな？　いつも、道灌山の上から見てたからなぁ」

「たとえば、大門の外の鰻屋の二階とかはどうだよ？」

「鰻屋の二階……家の中から見えるだろうか？」

「障子を開けておけばいいだろ」

「なるほど」

堂神は納得した。

そして素直に勘九郎の言うとおりにした。

「おお、よく見えるぞ」

「そうかい」

「道灌山から見るよりよく見えるな」

「それはよかった」

窓辺に身を寄せて無邪気に歓ぶ堂神を、勘九郎は冷めた目で見つめていた。

このとき勘九郎は、ぼんやり理解しはじめていたのである。

すべてを信じているわけではないが、もし本当に《千里眼》という能力が存在するのであれば、それは実際に目で見る、といったものではなく、意識で感じ取る、という類《たぐい》のものではないか、ということを。

堂神の異能に気づいた桐野は、堂神本人にも理解不能なその能力を最もわかりやすい言葉で説明したのではないか。即ち、

「お前は目がよいから、遠くのものを見ることができる」

とでも。

そこで堂神は道灌山に登るという独自の方法を思いついたのだろう。

だが、実際には目で見ていたわけではない。心か頭かで、感じていたのだ。実際の感じ方がどのようなものかは、勘九郎には想像もつかないが。

なにしろ、感じている筈の本人が、それを目で見ていると信じて疑わぬほど、複雑な感覚だ。到底説明のつくものではない。

「家の中から試したのははじめてだが、よく見えるもんだな」

何故よく見えるのか、その理由もわからずに堂神は歓び、いつしか障子の外に視線を向けることさえやめている。

「美味《うま》いぞ」

堪《こら》えきれず、鰻に箸をつけた。目の前で湯気をたちのぼらせている蒲焼きを我慢できる者などいない。

先日道灌山の上から桐野を見つけたとき、堂神は杉の木の上にはいなかったし、何処か特定の方向を眺めていたわけでもなかった。

唐突に、「見えた!」と言い出したのだ。

その後慌てて木に登ったが、その様子を見て、勘九郎にはぼんやりと察するものがあった。木に登るのは、要するに、己の感覚を研ぎ澄ますための儀式のようなものだろう。木の上は静かで邪魔者もおらず、意識を集中するにはもってこいだからだ。

（それに、折角《せっかく》見つけたって道灌山の上から下りてくるあいだに見失っちまうだろうがよ）

とまでは口に出さず、勘九郎は黙って堂神を見守った。

「茶屋は早々にひきあげて、どうやら大門の外へ出るようだぞ。この隙に、師匠を助けに行けるかな」

「慌てるなよ。迂闊《うかつ》に動いて、奴に戻ってこられたら元も子もないからな」

「わかってるよ。……すぐには戻ってこられないとこまで出かければいいんだろ」

と堂神は言うが、仁王丸の能力がどの程度のものかもわからぬのに、どこまで行けばすぐには戻ってこられないかをこちらで判断するのは早計というものだ。

そもそも、勘九郎が仁王丸を見張ろうと提案したのは、奴が外出した隙に桐野を救出するためではない。少なくとも桐野なら、勘九郎や堂神よりは、仁王丸についてより多くを知っている。逃げるか逃げぬかの判断は己でできる。

その桐野が、店から一歩も出ようとしないのは、脅され強要されてのことではなく、自らの意志でそうしているからに相違ない。

桐野の目的がなんなのかはわからないが、せめてその一助になればと思い、堂神の能力を使って仁王丸を監視することにした。

いまは、監視するというそのこと自体に意味がある。

「………」

だが、堂神は黙って鰻を食べている。意識が別のことに向けられているあいだは、おそらく《千里眼》は使えないのだろう。

(一体、どんな風に見えてんだろうな)

己が知り得よう筈もない未知の感覚に思いを馳せつつ、勘九郎は無言でその様子に見とれた。

「あ!」

「どうした?」

鰻を咀嚼《そしゃく》し終えた堂神が不意に驚きの声を発したので、勘九郎は訝《いぶか》った。

「あ、いや……」

「なにか見えたのか?」

「殿様が……」

「え？　殿様って、俺の祖父《じい》さんのことか？」

「…………」

「祖父さんがどうした？」

再度問われ、堂神は一瞬間気まずげな顔をして返答を躊躇《ためら》った。

しかる後、

「男の恰好をした女と一緒にいる」

「なに？」

「多分……仁王丸に気づいたんじゃねえのかな」

「なんで祖父さんが仁王丸を？」

「いや、女のほうが……」

「女のほうが？」

「女のほうが、仁王丸のことをさり気なく見て、殿様に向かってなんか言ってる」

「何者なんだ、その女？」

「それはわからんが、殿様は仁王丸の顔を知らんだろう？　女のほうは知ってて、気にしてるようだ」

「…………」

勘九郎は少しく混乱した。

堂神の《千里眼》が仁王丸を追っていたら、その至近距離に三郎兵衛が現れた。

（そんなこともあるのか）

一頻《ひとしき》り感心してから、

「けど、なんで祖父さんが、仁王丸の近くにいるんだよ」

口調を改めて勘九郎は問うたが、

「そんなこと、知るかよ」

と語気を荒らげる堂神の言い分はもっともだった。

「そんなことより、まずいぞ、若様」

「え？」

「あの二人、仁王丸のあとを尾行《つ》けるつもりじゃねえのかな」

「話し声まで聞こえるのか？」

「さすがにそれは聞こえねえけど、なんとなく、そんな目つきをしてやがる」

（どんな目つきだよ？）

と思いながら、勘九郎は、堂神に見えている光景に興味津々であった。

「それにしても、なんでそんなとこに女連れで来たんだよ、祖父さんは」

忌々《いまいま》しげに舌打ちしている時点で、最早《もはや》勘九郎は堂神の《千里眼》を疑っていない。

「餅でも買いに来たんだろ」

「餅？」

「ああ、東本願寺の山門の前に近頃評判の餅屋があるんだ。大層繁盛しておる」

「祖父さんたちはその餅を買ってるのか？」

「いや、餅は仁王丸が買った。……餅を買って、そろそろ帰ってくるつもりかな？」

「で、祖父さんたちは？　奴を尾行けてるのか？」

「いや、どうやらやめるようだぞ。……殿様は、奴が伊賀者だと知ってるから、女を説得して、思いとどまらせたんだろう。……もっとも、尾行けようとして諦めたのか、撒《ま》かれたのかはわからねえけどな」

「そうか」

勘九郎も一応安堵するが、おかげで女のことが猛烈に気になりだす。

「その、男の恰好をした女って？」

「だから、俺にはわからねえって言って……」

「歳はいくつぐらいだよ？」

「え？　歳？　女の歳はよくわかんねえんだけど……そうだなぁ。師匠よりは若いかなぁ」

という堂神の言葉は桐野の実年齢を踏まえてのことだが、もとより勘九郎は桐野の実年齢を知らない。

「桐野より若い?……じゃあ相当若い女だな。別嬪《べっぴん》か?」

「よくわからねえが……師匠よりは全然劣るぜ」

「…………」

勘九郎は考え込んだ。

桐野より歳は若いが器量では劣る男装の女とともに、三郎兵衛は一体なにをしているのだろう。

「気になるのか?」

堂神に問われ、

「別に。祖父さんが誰と連《つる》んでようが、興味ねえよ」

努めて素っ気なく勘九郎は応え、拗《す》ねたようにそっぽを向いた。どこからどう見ても、興味がない者の顔つきではなかった。

二

「まだ、なにもわからんのか？」

桐野から鋭く問われると、仁王丸は困惑した様子で口を噤《つぐ》んだ。

「近頃このあたりで評判の餅菓子でございます」

と仁王丸が差し出した盆の上の菓子には、無論桐野は見向きもしない。

「…………」

すると仁王丸は無言のまま身を捻って背後を振り向き、別の膳を桐野の前に押しやって、

「桐野殿には、矢張りこちらのほうが……」

膳の上の徳利を取り上げると、桐野に向かって笑顔で差しかけようとする。

「まあまあ、先ずは一献――」

「私は下戸《げこ》だと言った筈だが」

「またまた、ご冗談を……」

仁王丸の面上に、忽《たちま》ちへらへらした愛想笑いが浮かぶ。桐野が最も不快に感じる仁

王丸の顔だ。

「飲みたければ、一人で飲め」

更に強めの口調でピシャリと言ってから、

「貴様の魂胆はわかっている」

桐野は唇の端を冷たく歪めた。

震えるほど酷薄な表情だが、仁王丸はなおニヤニヤと脂下《やにさ》がっている。

「はじめから、なにも調べるつもりなどないのだ、貴様は——」

「そんなことはありませぬ。調べさせております」

「この見世に来てから数日、伊賀者がここに出入りしている気配はない。それどころか、貴様の側には一人の伊賀者もおらぬではないか」

「それは……」

仁王丸の面上から、漸くいやらしいニヤニヤ笑いが消えた。

「己の金で伊賀者を雇うたなどと、よく言えたものだ」

「や、雇いました」

「では何故、雇われた伊賀者が姿を見せぬ？　調べがつかぬならつかぬで、雇い主にその報告に来るのが、雇われた者の務めであろう」

「…………」

「貴様に雇われた伊賀者など、この世に一人もおらぬ。それが事実だ」

「ち、違いまする！」

「なにが違う？　よくも私を謀《たばか》ってくれたな」

「本当に、違うのです、桐野殿」

仁王丸は懸命に訴える。

「報せが来ぬのは、たまたま調べが遅れているからで……」

「たかが、刺客の雇い主を突き止めるだけのことに何日かかっている？」

「素人《しろうと》の可能性もあるのです。……武州の百姓が強力な自警団を組織していることは桐野殿もご存じかと……」

「勿論、武州の百姓が自警団を持ち、外敵に備えていることは承知している。だが、松波の御前らを襲ったのは、百姓の自警団ではない。間違いなく、忍びの動きであった」

「…………」

「なにが目的だ？　私をここに足止めして、一体なにを企んでいる？」

「なにも……」

そのとき桐野は音もなく動いて、なにか言いかける仁王丸のすぐ面前に到った。と見るや、スルリと背後にまわり込み、

「あ……」

即ち、仁王丸の襟髪を摑む。

だが仁王丸は、抗《あらが》うどころか、そのとき恍惚の表情を浮かべた。

「き、桐野殿……苦しゅう……ござる」

「殺すぞ、貴様」

眉一つ動かさずに桐野は言うが、

「どうか、殺してくだされ」

恍惚の表情のままで、仁王丸は応じる。

「桐野殿……」

尋常ではない歓び方であった。桐野はさすがに気味が悪くなり、仁王丸の襟髪から手を離す。

「殺すわけがなかろう」

「………」

仁王丸はしばし気まずげに口を閉ざしてから、

「き、桐野殿に、……桐野殿に是非見ていただきたいものがあるのです」

一変、真剣な顔つきで懇願した。

「なんだ？」

「い、一緒に来ていただけますか？」

明らかに、窺《うかが》うような顔つきである。日頃の桐野ならば、そんな怪しい誘いには絶対にのらない。

「何処へ？」

さも億劫《おっくう》そうに桐野は問うた。

日頃ならのらないが、いまは、仁王丸の本性とその魂胆を暴《あば》く目的でここにいる。

多少は、火中の栗も拾う覚悟をせねば、なにも暴けまい。

「ご足労はおかけしません。この家の地下室でございます」

「地下室？　地下室になにがある」

「納戸《なんど》でございます」

「その、地下の納戸になにがあるのかと訊いている」

「それはちょっと……ひと口では……」

「なんだ？　言えぬようなことなのか？」

「いえ、説明するより、ちょっと来ていただいて、実際に見ていただくほうが早いかと……」

なにを見て欲しいのか、仁王丸はなに一つ具体的に口にしようとしない。これ以上怪しい状況はないのだが、怪しさとともに、仁王丸からは、妙な熱意が感じられた。

「しょうがないな」

桐野は仕方なく腰を上げ、仁王丸のあとに続いた。

この家に地下室があることを、仁王丸から聞くまでもなく桐野は知っていた。外から見た大きさと実際の建坪に誤差があるのは隠し部屋や抜け道が作られている証拠だが、地下に部屋が掘られている家の床は足音の響き方が違うので歩いただけで瞬時にわかる。

仁王丸は納戸だと言っているが、大方足抜けした女郎を閉じ込めるための牢と折檻のための部屋だろう。地下室ならば、悲鳴や呻き声も外に漏れにくい。

牢である証拠に、入口の格子戸には、ただの納戸にしては些《いささ》か頑丈すぎる南京錠がかけられていた。もとより、常人にとっては薄暗く、中の様子がわかり難い場所だが、夜目のきくお庭番や伊賀者にとっては、別段どうということもない。

だが、鍵を開けるために手燭を一旦足下に下ろした仁王丸は、鍵穴に鍵を差すだけのことにひどく苦戦した。

「いま鍵を開けますので……」

不器用な手つきでガチャガチャやっている仁王丸のすぐ背後に桐野は立った。忍びは、通常己のすぐ背後に人が立つことを嫌うものだが、仁王丸は平然としていた。

それ故桐野は更に近寄り、

「どうした？　開かぬのか？」

仁王丸の耳許に囁いた。

「随分長い間開けておりませんでしたので、どうやら錆び付いてしまったようでございます」

「どれ、私が開けてやろうか？」

吐息がかかるほど間近から桐野が言うと、

「お願いいたします」

ゆっくりと身を退き、桐野と入れ替わりながら仁王丸は言い、だが言うなり格子戸の桟に手をかけた。と同時に、

ザン！

と一気に引き開ける。

引き開けたその刹那、体を入れ換えた桐野の背を強く押していた。綺麗に開いた入口から、暗い地下室の奥へと乱暴に突き飛ばしたのだ。

ガシャッ！

すぐに戸を閉め、南京錠を掛け終えるまで、瞬きする間のことだった。

「………」

ひと仕事終えて、莞爾と微笑《ほほえ》んだ仁王丸のすぐ背後から、だが密《ひそ》やかな声音が囁かれる。

「なにがそんなに楽しいのだ？」

「ひっ…ひぇッ！」

仁王丸の体は瞬時に凍りつき、佇立《ちょりつ》するしかなかった。

そのとき、仁王丸に押された桐野の体は、だが前には飛んでいなかった。肉眼ではとらえ難いほどの速さで瞬時に翻《ひるがえ》り、仁王丸の背後にまわり込んでいたのである。

そのことに、仁王丸は全く気づいていなかった。

「き、桐野殿」

「震えているではないか、大丈夫か？」

と耳許に低く問うた桐野の手は、既に仁王丸の腕をきつく後ろ手に捕らえている。一見華奢に見えるその体からは想像もつかぬ膂力《りょりょく》で捕らえられ、格子戸にグイッと押さえ付けられて、身動《みじろ》ぎ一つも許されなかった。

「この数日、私が貴様のなにを見ていたと思う？……身動ぎ一つ、眉の動き一つから、貴様がなにを考えているか手にとるようにわかる。貴様の術も、最早私には効かぬ」

「こ、これは…違うのです、桐野殿」

「動くな。抗えば殺す」

まるで愛の言葉を囁くような語調で桐野は告げ、仁王丸を捕らえた腕には一層の力がこもる。

仁王丸はピクとも身動ぎをせず、息をひそめた。

首筋に、ヒヤリと冷たい切っ尖を突き付けられた感触がある。もとより、実際に刃を突き付けられているわけではない。

と、そこへ、

「師匠ーッ」

ドタドタと耳障りな足音と怒鳴り声の両方をさせながら、堂神が駆け込んできた。

「ご無事でしたか」

「ちょうどよかった、代われ」

でかい図体に似ず、機敏に階《きざはし》を駆け降りてきた堂神の手に、桐野は仁王丸の体を委《ゆだ》ねた。

「こいつ、よくも師匠を……」

桐野から託された仁王丸の四肢を、当然堂神は、怒りとともに猛然と締め上げる。

「ぬぐ……」

仁王丸の顔が忽ち苦痛に歪んだ。

「殺すなよ」

桐野は慌てて声をかけたが、

「なんでだよ？　こいつ、師匠のこと、こんな黴臭《かびくせ》ぇ地下室に閉じ込めようとしたんだぜ。ぶっ殺して当然だろうがぁ」

堂神の激昂を鎮めることはできなかった。

「だが、閉じ込められてはいない」

仕方なく、桐野は堂神を慰撫することにした。

「そもそも、あんなにあからさまに怪しい態度をとられて、警戒せぬわけがないではないか」

「それはそうですが……」

「私も、随分と信用がないのだな」

苦笑混じりに言ったあとで、

「お前、本気で私を閉じ込めようとしていたのか？」

桐野は仁王丸に向かって問うた。

仁王丸は激しく頭《かぶり》を振る。

「人の心を操れる筈の貴様が、斯様《かよう》なやり方はあまりにお粗末ではないか」

仁王丸の答えを待たず、桐野は更に言葉を続ける。

「お前の目的は私に復讐することであろう？　はじめからわかっていた。数日なに不自由なく過ごさせて油断させ、地下牢に監禁する計画もお見通しだ。だが、わからぬのは、いざ実行に移さんとする際のお粗末さだ。お前なら、もっと上手《うま》くできたのではないのか？」

「なに言ってんだよ、師匠。上手くやられてたら、閉じ込められちゃっただろうが」

「お前が駆けつけてくれたではないか、堂神。仮に私が閉じ込められていたとしても、お前は仁王丸を見張っていた」

「…………」

桐野の言葉で堂神が柄《がら》にもなく照れたところに、漸く勘九郎が到着した。

勘九郎なりに必死で走ってきたのだろう。走りすぎたのか激しい息切れで、なかなか肝心の言葉が出ない。

「桐野……」

そして、桐野を見ると忽ち安堵した顔になり、階を降りきったところで力無く座り込んだ。

「若もおいででしたか」

桐野は勘九郎に笑いかけた。

「堂神に仁王丸を見張らせたのは、若のお考えですね」

「え……」

「私ごとき者のためにお気遣いをいただきまして」

「い、いや、それほどでも……」

桐野の笑顔に勘九郎も照れた、そのとき。

「違うッ！」

唐突に仁王丸が叫んだ。

と同時に全身で堂神の腕に抗うが、もとより堂神はビクともしない。

「そ、それがしは、桐野殿に…復讐しようなどとは微塵も思っておりませぬ」

仁王丸は懸命に言い募る。

「じゃあなんで、閉じ込めようとしたんだよ」

「それは、そろそろ逃げられてしまうと思うたから……」

苦痛に顔を歪めながら、仁王丸は更に言い続ける。

「それがしは…桐野殿に、ずっといてほしかっただけで……」

「お前、地下牢に私を閉じ込めてどうするつもりだったのだ？」

桐野はその賢すぎる眼で、弱々しく口ごもる仁王丸を鋭く見据えた。

「どうも…どうもいたしません！」

言い募る仁王丸の表情に、どうやら偽りはなさそうだった。少なくとも、桐野の目にはそう見えた。

「ただ、いていただきたかっただけでございます」

「いただいて、どうするというのだ？」

「ただ、いていただければ……ただ、それがしの側《そば》にいていただければ、それだけで……」

「それだけで？」

「それだけで幸せなのでございますーッ」

「え？」

桐野、堂神、勘九郎の三人は異口同音に驚いた。

「それがしは、ただ桐野殿のお側にいたかっただけで、それ以外のことなど、なにも望んではおりませぬ」

「だが、閉じ込めようとした」

「それは……何れお二方が取り戻しに来られるか、桐野殿が自ら出て行かれるとわかっておりましたので……」

仁王丸の声音は少しく湿りを帯びていた。

どうやら泣くのを堪えているようだ。

「だからといって、閉じ込められてはかなわんな」

桐野は仕方なく苦笑を堪えた。

勘九郎も堂神も、ともに口を閉ざしている。

仁王丸の気持ちに嘘偽りがないことはわかる。真剣な気持ちを笑うわけにはいかないが、だからといって、如何ともし難い。

(それにしても、なんという変わりようだ)

以前、仁王丸を捕らえて何日か拘束した折には、随分と嬲《なぶ》ってしまった。怒りをかきたてられて当然なのだが、ごく稀に、その状況に慣れてしまう者がある。罵《ののし》られ、嬲られることを快く感じてしまうのだ。

どうやら仁王丸はその種の者であったらしい。

「も、申し訳ありません」

仁王丸はもう一度詫びてから、

「どうしても、お引き留めしたくて……それに、お見せしたいものがあると申したのは、嘘ではありません」

懸命に言い募った。

「なに？」

「本当に、桐野殿にお見せするものがあるのでございます」

「一体なんだ？」

桐野は仕方なく問い返す。

「ちょっと、それがしを納戸の中に入れてくだされ」

「え？」

「入れてやれ」

戸惑う堂神に、桐野が命じる。

堂神は仁王丸を自由にはせず、自らの手で注意深く格子戸を開けてから、仁王丸の体を中に押し入れた。

桐野は最前仁王丸が床に置いた手燭を取り上げ、暗い部屋の中を照らし出す。

納戸だと仁王丸が言ったのはどうやら嘘ではなかったようで、想像していた拷問器具のようなものは見当たらなかった。

仁王丸は奥に積んであった箱の中の一つを手探りで持ち上げると、すぐに入口まで戻ってきた。

「これでございます」

蓋《ふた》をとって桐野に見せたその箱の中身は、なんらかの鉱物のようだった。拳《こぶし》大のものから、細かい粒状のものまで、さまざまな大きさの鉱物が箱一杯に詰められ、鈍い光を放っている。

「それは、金《きん》か？」

箱の中に視線を注ぎながら、桐野が問う。

「はい。おそらく掘り出したばかりの粗金《あらがね》でございます。武州から、持ち帰りました」

「武州から？……では、武州にはまことに隠し金山があったのか？」

「いえ、武州のとある村では、この状態で長らく保管されておりました」

「どういうことだ？」

「信玄の埋蔵金でございます」

事も無げに仁王丸は言い、更に続ける。

「武州のある場所に信玄の埋蔵金が隠されております。先日大目付の一行を襲ったのは、代々埋蔵金を護ってきた番人……武田《たけだ》家の旧臣でございます」

「武田家の旧臣……」

桐野は半ば茫然と呟き、しかる後言葉を継ぐ。

「もし、まこと信玄公の頃より護ってきたのだとすれば百六十年余にも及ぶ。……俄《にわか》には信じられぬ話だ」

「旧臣とはいっても、歴とした武士ではなく、我らのような土着の忍び崩れでございましょう」

「だが、まこと埋蔵金が存在するとして、その金塊が何故そこにある？」

「埋蔵金の本体が何処にあるかはわかりませぬ。これは、番人の手によって持ち出されたものの一部でございます」

「持ち出された、とは？」

「あなた様をこちらに引き止めるために黙っておりましたが、持ち出された埋蔵金の一部は、桐野殿とそれがしが江戸に戻るよりも前に、我が手の者によってここへ運び込ませておりました。桐野殿が到着されてから、伊賀者が出入りする気配がなかったのはそういうわけでございます」

「………」

黙り込んだ桐野に代わって、

「信玄の埋蔵金だぁ？　おい、てめえ、いい加減なこと言ってんじゃねえぞッ」

勘九郎が忽ち色めきだち、

「そうだ！　てめえ、いい加減なネタを餌に、師匠を、よりによってこんなところへ連れ込みやがって！」

堂神も同様に怒声をはりあげる。

「こんなところと言われても……」

金塊の箱を持ったまま、仁王丸は困惑する。

「まあ、そう言うな、堂神。ここへ来たのは己の意志もあるのだ。一方的に連れ込まれたわけではない」

桐野は仕方なく堂神を宥《なだ》める。

「それに、こうして実際に埋蔵金の一部がここにある以上、頭から嘘だと決めつけるわけにもゆくまい」

「だって、信玄だの埋蔵金だの、どう考えたって眉唾《まゆつば》に決まってんだろ」

「では、この金塊のことはどう説明なされます？」

「それは……」

勘九郎は容易く言葉に詰まった。

「仁王丸も、私を騙すためだけにわざわざこんなものまで用意するほど暇ではあるまい。仮に嘘だとしても、話くらい聞こうではないか」

桐野の優しげな言葉は、勘九郎の耳にも堂神の耳にも——勿論仁王丸の耳にも心地よく響き、彼らの気持ちを一様に和《なご》ませた。

桐野を質《しち》にとられてからというもの、殺伐とした気持ちでいただけに、一度和むと忽ち安堵し、緊張がほぐれたようだった。

三

三郎兵衛に随行した桐野が武州を訪れたときには、実は仁王丸は武田家埋蔵金についての調べをほぼ終えていた。

すべては桐野を己の手中にする目的のためにしたことだ。

捕らえられ、桐野からさんざんに嬲られたというのに、仁王丸は桐野のことが忘れられなくなった。勿論、このときは桐野への恨み故だと信じて疑わなかった。

そうでなければ、しばらく江戸を離れるつもりだった。生業《なりわい》も裏稼業の盗賊団も失い、生計《たつき》を立てる手段がなくなったのだ。

だが、どうしてもできなかった。

兎《と》に角《かく》桐野に恨みを晴らさねば気が済まない。それ故その身辺を徹底的に調べあげた。謎めいた外貌同様、出自も謎に満ちていて、紀州《きしゅう》薬込め役《くすりごめやく》の出だということ以外、なに一つわからなかった。仕方がないので、現在の主人である松波三郎兵衛の身辺を調べた。

三郎兵衛がなにかの調べで武州へ向かうらしいと知り、先回りしてあれこれ調べた。

武州は、天領でありながら代官所も役人も慢性的に不足しており、警備の目が行き届かぬところを、人を傭ったり村の若い衆らが自ら武芸を習ったりして村を護っている。

そういう自警団に紛れてチラホラ本職の姿を見かけることがあった。

（なにかある）

そこは伊賀者の勘ですぐにピンときた。

調べまわるうち、武田家の埋蔵金の話を耳にした。古来より、その手の眉唾話は世に尽きない。

はじめは仁王丸も、よくある伝説の一つであろうとタカをくくっていた。

それが、埋蔵金の一部といわれるものを目にする機会があり、信じるにいたった。

「埋蔵金の一部が持ち出されてる、ってどういうことだよ？」

仁王丸の話を聞くうち、最も熱心に耳を傾けだしたのは勘九郎であった。

彼らが顔を突き合わせている場所も、地下から既に二階の座敷に移っている。

「長い年月のあいだには、番人が悪心を起こすこともございます」

意味深長な顔つきをして、仁王丸は言った。

「番人が悪心を起こしたら、もう終わりだろ。持ち主のいなくなった埋蔵金をどうするかなんて、番人の胸先三寸じゃねえかよ」

「それが、そうでもないのでございます。金は、掘り出したままではさほど値打ちはなく、精錬され、誰の目にもわかる黄金の姿になってはじめて価値が出るものです。代々の番人は、おそらく己が護っているものの価値もろくに知らずに護っていたのではないかと思われます」

「じゃあ、最近になって、漸くその値打ちがわかったってのか？　なんでだよ？」

「あるとき、村に、山師がやって来たそうです。番人の一人が、我慢できずに箱の中身を山師に見せたところ、そやつが金の精錬にも長けていて、忽ちピカピカの黄金にしてみせたそうで……」

「その山師は、偶然村を訪れたわけではあるまい。大方、番人の誰かが呼び寄せたのであろう」

冷めた声音で、桐野は断じた。

誰一人――話し手である仁王丸でさえも、それに異を唱えることはなかった。

仁王丸がその番人と出会ったのは全くの偶然だった。

本物の殺気を秘めた刺客を炙《あぶ》り出すため、広く武州を調べまわっているとき、同朋から追われるはぐれ忍びを助けた。

仁王丸にとっては容易いことだった。

得意の心を操る術で、襲撃者を全員自害させた。

仁王丸が助けたはぐれ忍びは、自らを、「武田家埋蔵金」の番人だと名乗った。

彼が同朋――仲間の番人たちから追われていたのは、即ち、仲間の不正を知り、これを糾弾しようとしたためだった。

そもそも彼は、遠い昔に滅んだ武田家の埋蔵金を先祖代々護っていること自体に平素から疑問を抱いてきた。だがそれ以上に、親や祖父たち――それ以前のご先祖たちが大切に護ってきたものを、こそこそ盗み出しているという事実は、もっと我慢がならなかった。

卑怯者たちによって、少しずつ、こそこそと盗まれてしまうのであれば、いっそ、いまの世を治める者の手に渡し、少しでも世の中をよくするために使ってもらえたら、と考えた。江戸まで出向いて、目安箱に思わせぶりな投書をした。

いきなり埋蔵金などと書いても、どうせ笑いとばされるのがおちだと思い、天領の木が盗まれている、という思わせぶりな投書をした。それによって、調べが武州に及べばよい、と考えた。迂遠《うえん》な計画だが、世の中には物好きも少なくない。

もとより、目安箱の投書が相手にされなかった場合に備え、埋蔵金を横領していた同朋の手から、その一部を取り戻しておいた。

それを担いで江戸に出て、大目付に訴え出る、というのがその者のたてた最終的な計画だった。だが、実行に移す前に同朋に知られ、追いつめられた。たまたま遭遇した仁王丸がそれを救い、証拠の埋蔵金も預かった。

三郎兵衛の一行が武州を訪れたのはそんな矢先のことである。

「貴様が助けた番人はいまどうしている?」

「伊賀の隠れ里でかくまっております」

「隠れ里の者たちには事情を話したのか?」

「いえ、余計なことを耳に入れ、万一悪心を抱く者があってはならぬと思い、なにも教えてはおりませぬ」

「隠れ里の者たちはお前の部下ではないのだな? それ故金で雇ったと言っておったな?」

「それは、その……」

「あれは嘘だな?」

「申し訳ございませぬ。……手下はおらぬと言わねば信じてもらえぬかと思いまして」

「手下がおろうがおるまいが、貴様など信じぬ」

という言葉は辛うじて呑み込み、

「それで貴様はどうするつもりなのだ？」

桐野は仁王丸に問うた。

「え？」

「その者を助け、埋蔵金を預かったのは、ただ私をここへ留め置くための方便か？」

「それは…どういう意味でしょうか」

「その者の希望をかなえてやるつもりはないのか、と訊いているのだ」

「それは……」

「同朋を裏切り、埋蔵金を徳川《とくがわ》の手に渡してしまおうというのはよくよくの覚悟だ。聞き届けてやらねば、人ではない」

桐野の言葉はあまりにもっともで、人の情など母の胎内においてきた筈の仁王丸の胸にも深く響いたようだ。

「では、一体どうすれば？」

いまにも泣き出しそうな顔になって、仁王丸は桐野に問うた。

「知れたこと。これより武州に赴《おもむ》き、我らの手でケリをつける」

「え？」

驚いたのは勘九郎である。

いつもの桐野らしからぬ言葉だったからだ。

「ケリをつけるって？」

「こそ泥同然の埋蔵金の番人たちを罰し、残りの埋蔵金を手に入れる」

勘九郎はいよいよ驚き、言葉をなくした。

桐野が何かを為すのは、常に誰かに命じられてのことで、自ら望んでのことではない。役目柄、そういう生き方を余儀なくされたからにほかならないが、いまこの瞬間、桐野に命じる者はいない。

命じる者がいなければ、自ら判断を下さねばならぬ。

しかし、桐野自身の判断はなんと大胆不敵で思いきったものなのか。

「け、けど、埋蔵金を手に入れるってことは、番人たちと全面的に戦うわけだろ。これからすぐ出向くってことは、俺たちだけでやるってことだろ。そんなこと、勝手に決めてもいいのかよ」

「勘違いなさいますな、若、武州は天領。将軍家の御領地である天領の中に、他家の埋蔵金などというものが存在してはならぬのです。……もしご存じであれば、御前も同じことをお命じになられます」

「だ、だったら、せめて祖父さんに知らせてから……」

「一刻を争います」

「え？」

「埋蔵金の噂が広まり、それを狙う者共が死屍《しし》に群がる獣《けもの》の如く集まりつつあります。放っておいては、武州に刺客の屍《しかばね》が累々《るいるい》と積み上がることになりまする」

「そんな大袈裟な」

という言葉を、勘九郎は辛うじて呑み込んだ。思わず呑み込まずにはいられぬほど、桐野の顔つきも口調も真剣そのものだった。堂神も仁王丸も黙って頷くだけで、もとより異を唱えることはなかった。

四

「待ちなさい！」

千鶴は叫んだ。

と同時に、素早く走り寄り、その女の肩をグイッと摑む。

「な、なにをなさいます」

女は身を捻って抗おうとしたが、無駄だった。肩と腕を瞬時に厳しく捕らえられ、身動き一つかなわなかった。

「くっ……」

捕らえられた女は、悔しげに唇を嚙む。

店から出て来たところを少し尾行し、人けのない路地に引き込んだ。

「無体な！　私は、大奥別式女の――」

「そなた、別式女ではあるまい」

言いかける女の言葉を、千鶴は強く遮った。

「………」

藍色の小袖に同じ色の袴――別式女の身形をしたその女に、武芸のたしなみがないことは明らかだった。

「別式女の名を騙り、商家から金品を奪ったな？」

「わ、私は……別式女でございますッ」

女は懸命に言い募ったが、

「では、一番組の者か、二番組の者か？」

「…………」

「私は一番組の組頭だ。組の者の顔はよく見覚えておる」

と言う千鶴の言葉の罠におちた女は、

「に、二番組でございます」

安堵の面持ちで安易に口走った。その途端、

「もとより、一番組二番組み合わせても総勢三十名足らずの別式女、二番組の者の顔も、よく見覚えておる。……そなたの顔は、一度も見たことがない」

「…………」

女を捕らえた千鶴の手に更なる力が加えられ、まだ二十歳を幾つか過ぎたばかりらしい女の顔が苦痛に歪む。

「別式女の名を騙った罪は重いぞ」

平素は温和な千鶴の顔が、いまは別人のように厳しい。

「だが、いまは別の役目の途中故、騙りとして町方に突き出すしかない」

「ち、違いますッ」

町方と聞いた途端、女は激しく頭《かぶり》を振って否定した。

「私は、ただ、言われるままに……」

「誰に言われるままに？」

「…………」

「誰に言われるままに、悪事を重ねてきたのだ？」

「…………」

「言わねばこのまま、町方に引き渡す。そなたはいま、私に匕首を向けて殺そうとした」

「え？」

身に覚えのない捏造《ねつぞう》に驚き、女は思わず千鶴をふり仰ごうとした。が、かなわなかった。女を捕らえた千鶴の膂力は揺るぎなく、身動ぎ一つも許さなかった。

「故に、そなたの罪状は騙りではなく、殺しだ。騙りよりも遥かに重い。……仮に死罪は免れても、遠島は免れぬだろう」

「そんな……」

「島送りであれば或いは御赦免《ごしやめん》もあろうが、期待はせぬがよい。慣れぬ島暮らしで、命を落とす者は少なくないそうだ」

「わ、私はなにも聞いては……」

女は必死に言い募ろうとしたが、途中で心が折れたのだろう。

「なにも聞いては…おりませぬ」

言うなりガクリと項垂れた。

「なにを、聞いておらぬのだ？」

項垂れた女に対しても、千鶴の厳しい追及はやまなかった。

「黒幕の名か？　黒幕の名を、聞いておらぬのか？」

耳許に厳しく問われ、女は力無く頷く。

「では、それ以外のことをすべて話せ」

「わ、私はただ、言われたとおりに、お店に行って、『大奥お年寄松島《まつしま》様のお使いの者でございます』と言って、出された品物を受け取っただけです」

「そなたにそう言えと命じたのは、何処の誰だ？」

詰問とともに、千鶴は捕らえた女の肩と腕に力をこめる。

「くぅ……」

女は苦痛に呻いた。

「これ以上力をこめれば、腕が折れるぞ」

「お、おゆるしください、どうか、おゆるしを……」

女は容易く泣き声を出した。

「お…お名はわかりませぬが、贅沢な裲襠《うちかけ》をお召しでしたので、身分の高いお年寄の……誰かだと……」

「大奥のお年寄か？」

「はい、大奥のお年寄です」

「なるほど。万一露見して捕らえられたときには、そう答えろと教えられていたのだな」

「いいえッ！」

女は悲鳴のような声をあげた。

「違います！」

必死に言い縋《すが》ったが、千鶴は既にその女への興味を失っていた。

「もう、よい。そなたは町方に引き渡す」

女の耳許に囁くなり、千鶴は女の鳩尾《みぞおち》へ一撃、当て身を入れて失神させた。

完全に意識を失い、動けなくなったところで、万一のときのために携帯していたしごきで女の四肢を縛る。

「容赦ないのう」

その一部始終を至近距離で見物していた三郎兵衛は、やや引き気味に呟いた。

千鶴の怜悧《れいり》さには敬意を払うものの、女子《おなご》の心ない言葉をあまり聞きたくないと思うのは、三郎兵衛のような年齢の男にとっては致し方のないことであろう。

「なれど、女子に、それほどどする必要があるのか？」

批判にならぬ程度の緩い口調で三郎兵衛は問うた。

「その女、そなたと違って、ろくに武芸の心得もなかったではないか」

「これはしたり――」

三郎兵衛の言葉を少なからず心外に感じたか、千鶴はさも意外そうに三郎兵衛を顧みた。

「別式女を騙って商家から金品をだまし取る手口はいつの世にもございましたが、近年益々巧妙になり、奪う金額も大きくなっております。これを見過ごしにしては、我ら別式女の名折れにございます」

「それはそうかもしれぬが」

「一人でも多く、別式女騙りを見つけて捕らえねば、すべての別式女が、世間から騙りの烙印を押されてしまいます」

「だが、別式女の存在はそれほど世間に知られてはいまい。そう容易く、金品を奪えるものなのか？」

「奥女中よりもずっと宿下がりの自由な別式女は、お年寄方の使いを務めることも多く、それ故商家側の信頼も絶大なのでございます。それをよいことに、贋の別式女を仕立て、金子を用立てさせる者があとを絶たぬのでございます」

「そう…なのか」

揺るぎない千鶴の強い語気に、三郎兵衛は容易く圧倒された。

「ですから私は、斯様な不届き者を町中で見かけました折には必ず捕らえ、背後にある者の名を吐かせねばなりませぬ。……たとえ捕らえても、なかなか、吐かせるまでにはいたりませせぬが」

千鶴の言葉の端《はし》に、僅かながらも自嘲の色が感じられたとき、三郎兵衛は己の不用意な発言を激しく悔いた。

己の役目に厳然たる矜恃《きょうじ》をもち、これを全うしようとする覚悟の前には、男も女もない。並の男などより余程筋の通った千鶴と行動を共にしていながら、そんなことも忘れていた己の迂闊さを、恥じた。

お役目を果たすことに懸命である者を、女子だからというだけの理由で侮るなど、以ての外であった。

「女子がそこまですることはあるまい」

若い頃にはよく考えもせず、無神経な言葉を吐き出してきた。

そのことも含めて、三郎兵衛は己を恥じた。

「申し訳ございませぬ」

三郎兵衛の様子からなにかを察した千鶴はふと威儀を正して頭を下げた。

「いまは、別の調べの最中でしたのに、つい勝手をいたしまして……」

「なにを言う」

三郎兵衛は思わずそれを遮った。

「贋別式女を捕らえるのもまた、そなたのお役目であろう。奥女中に比べれば自由がきくというても、そもそも別式女は大奥にいるべきもの。数少ない宿下がりの機会を有効に使うのは当然だ」

「松波様――」

「その女子、本当に町方に渡してしまってもよいのか？」

「え？」

「騙りの罪では、下手《へた》をすればすぐお解き放ちになるぞ。町方には、騙りの黒幕を突き止める義理はないからのう」

「………」

「我が家に留め置けば、そなたがいつでも好きなときに詰問できる」

「え？」

「どうだ？」

逆に問われて、千鶴は言葉を失った。

「松波様に、そのようなご迷惑をおかけするわけには……」

「我が家の土蔵には、屡々《しばしば》得体の知れぬ者が捕らえられておる。拷問の名人もおるぞ」

「え？　拷問の？」

「いまは留守にしておるが」

という一言は敢えて口には出さなかった。

（ったく、いつまで留守にするつもりか）

湧き起こる苦情をつい口に出したくなったとき、だが三郎兵衛は無意識に千鶴の背後に寄った。最前から感じていた違和感の正体が漸くわかった。

（これは煙硝《えんしょう》の臭いだ）

捕らえた女の体を引き立てようとする千鶴の肩を掴んで乱暴に引き寄せ、女から引き離す。

「え？」

後ろから抱き竦《すく》める形で強引に後退《あとずさ》り、肩で千鶴の体を庇うようにしながら更に十数歩後退ったところで、置き去りにされた女の体が不意に、

ごぉッ、

と激しく音を立てて爆《は》ぜた。

爆ぜると忽ち、激しく炎を巻いて燃え上がる。

「ま、松波さま、これは一体……」

千鶴は茫然と、燃え上がる女の体に見入る。爆発の直前に、シュッと空を切る音を聞いた気がしたのは、何処からか女に向けて矢が射かけられたためだろう。それ故、女は既に事切れていたのかもしれない。呻《うめ》き声一つあげる様子はなかった。生きたまま焼かれる苦痛を味わわずにすんだのは不幸中の幸いというものだった。

「体に、多量の煙硝が仕込んであったのだ」

「煙硝が仕込んであるだけでは爆発はいたしませぬ」

「もとより、何者かが火を点《つ》けたのであろう」

「どうやって？」

「人が近寄る気配はなかった。離れたところから、おそらく火矢のようなものを放ったのだろう」

「火矢……」

ぼんやり呟いてから、

「でも、どうして？」

千鶴は三郎兵衛を顧みて問うた。

「どうしてこんな惨いことを？」

「………」

だがその問いには、三郎兵衛は敢えて答えなかった。

五

夜半、疾風とも旋風とも思える速い足音が往来を進んでいた。

既に八ツ――丑《うし》の上刻も過ぎた。どの家もどの店も、当然シンと寝静まっている。

月のない新月の夜であるから、闇に溶け込む黒装束は、本来人目につくものではない。だが、風のような一団がその店の前に到着するのと、彼らの到着した店の向かい側の軒下から、別の影が音もなく姿を現すのとが、ほぼ同じ瞬間のことだった。

「やめておけ」

黒装束の者たちは、そのとき一斉に背後を振り向いた。

闇夜に相応《ふさわ》しくない白絣《しろがすり》を着流した壮年の武士が悪びれもせず往来のど真ん中に佇んでいる。

「折角押し込むのだ。こんな貧しい店ではなく、千両箱がゴロゴロ転がってそうな大店を狙うがよい」

懐手をしたままで、さも億劫そうに三郎兵衛は言った。

賊どもは明らかに狼狽したが、さすがに言われるまま立ち去る者はいない。ジリジリと後退り、三郎兵衛に対峙する。

三郎兵衛は仕方なく刀を抜いた。

ここは一刻も早く片づけて帰りたいというのが本音である。

「…………」

黒装束たちも揃って得物を構えた。

長めの忍び刀であった。

(やはりな)

思いつつ、三郎兵衛は手近な一人を袈裟懸《けさが》けに斬った。

ただの盗賊であれば、忍び刀など所持しているわけがない。

びゅッ、

びゅッ、

びゃッ……

左右、背後にまわり込んできた敵を、三郎兵衛は矢継ぎ早に葬った。

青眼から一気に斬り下ろし、返す刀が更にもう一人を真っ二つにする——。

七、八人いた黒装束が、瞬《またた》く間に半数になった。

「退《ひ》けッ」

頭と思《おぼ》しき者が低く怒鳴ったのは、更に二人が斬られ、残り二名となったときだった。

頭と、もう一人である。

頭ともう一人は直ちに刀をひき、踵《きびす》を返した。二手に分かれて逃れる魂胆であった。

三郎兵衛が一方を追えば、一方は助かる。

が、二人が走り出すより早く、賊どもが押し入ろうとしていた店の戸板が開き、中から勢いよく飛び出して来る者がある。

「もう一人は私が追います、松波様ッ」

浴衣の上に黒の小紋羽織を羽織り、脇差しを手にした千鶴にほかならなかった。身ごなしに全く無駄がないのは、いまのいままで、戸板に身を寄せ、外の様子を、一部始終窺っていたからだろう。

その上で、ここが己の出番だと踏んで飛び出して来た。

(こやつ……)

三郎兵衛は内心舌を巻いた。

今夜襲撃があることを、予《あらかじ》め知らせておいたわけではない。浴衣姿でいたことからみても、既に床に入っていた筈だ。迫る殺気で目を覚まし、手早く最低限の身繕いをして入口近くに待機したのだろう。

仮に三郎兵衛がいなかったとしても、千鶴は賊に対処したであろう。

「追わずともよい」

頭と逆の方向へ逃げようとしていたもう一人の前に立ちはだかりながら、三郎兵衛は言った。だがそのときには、千鶴は、踵を返した頭の背を追っている。

「追わずに、いまこの場にて仕留めろッ」

三郎兵衛が鋭く下知すると、千鶴の体は見事に反応した。地を蹴って跳躍し、ほぼ同じ瞬間、まさに跳躍しようとしていたそいつの脳天に向けて刀を振り下ろした。

ぐごぉッ、

千鶴が振り下ろした刀に向かって相手が跳躍してくる。当然、ただ斬り下ろした際の比ではない付加が、そいつの頭蓋を打ち砕く。

「…………」

跳躍しようとしてできなかったため、歩を踏み出してすぐ蹌踉《よろ》けたような足どりになり、数歩逃れたところで、不意に頽《くずお》れた。

頽れる以前に既に事切れていたため、ペタリと腰を落としたところで体を二つ折りにするという不思議な死に様を曝すこととなった。

(見事だ)

その結果に満足しながら、三郎兵衛はもう一人の黒装束を捕らえ、足下に組み敷いている。

「松波様！」

「こやつらをどう見る、《葵》？」

「どう…とは？」

「ただの盗賊と思うか？」

困惑する千鶴に向かって、三郎兵衛は更に問いを発する。

「いいえ……」

千鶴は即座に首を振った。

「《巴屋》のように、日頃から儲けの少ない店に押し入る盗賊はおりませぬ。押し入ったとて、なんの利も得られませぬ」

「では、こやつらの狙いはなんだ？」

「…………」

千鶴は答えを躊躇った。

躊躇ったということは、既に答えを知ってるからにほかならない。

「わからぬか、《葵》？」

「私の……命を狙ってきたのでございます」

深く項垂れながら、千鶴は答えた。

「でも、何故私の命を？」

やがてゆっくりと顔をあげて三郎兵衛に問うたが、三郎兵衛は無言で首を振った。

「昼間の……あの爆発も、私を狙ったものなのですね」

「…………」

三郎兵衛は無言で肯いた。

それを確かめるために、三郎兵衛は今夜《巴屋》の前で見張っていた。正直なところ、これまでの襲撃は三郎兵衛と一緒のところであったため、まだ狙いが三郎兵衛である可能性もあった。しかし、さして儲かっているとも思えぬ《巴屋》が賊に狙われたとすれば、最早答えは明らかだ。

明らかに敵は、別式女《葵》こと、千鶴の命を狙っている。

「でも、一体誰が？」

「それはまだわからぬが、とりあえず、そなたは宿替えをせねばならぬ」

「え？」

「今宵から、我が屋敷に泊まるがよい。されば、敵も、もうおいそれとは手が出せぬ」

「なれど、松波様にこれ以上ご迷惑をおかけするわけには……」

「ここにいれば朝蔵に迷惑がかかるぞ」

「…………」

「下手をすれば、朝蔵が死ぬぞ」

という三郎兵衛の言葉がとどめとなった。

「お世話になります」

意を決したように言い、千鶴は深々と頭を下げた。

第五章　埋蔵金の行方

一

(まだ戻ってないのか)

千鶴を連れて屋敷に戻ったとき、三郎兵衛は先ずそのことに落胆した。

桐野が身辺にいないことの弊害は、かなり深刻であった。さしずめ千鶴の件などは、桐野がいればものの数日でカタがつく。

(公儀お庭番として、どうなのだ?)

日頃、己が公儀の仕事とはあまり関係ない私用に使っていることを棚に上げて、三郎兵衛は思った。

(勘九郎めは、どうせ堂神と一緒になって桐野を捜しまわっているのであろうが)

但し、勘九郎が戻っていなかったのは幸いだった。もしいれば、千鶴のことを根掘り葉掘り詮索するに決まっている。別に隠したいわけではないが、痛くもない腹を探られるのは真っ平だ。

「朝になったら、浅草今戸町《あさくさいまどちょう》の徳兵衛《とくべえ》長屋に使いをやって、銀二を呼んでくれ」

黒兵衛《くろべえ》に言いつけ、その晩はさっさと寝た。

客間の一つに通された千鶴も似たようなものだったのだろう。翌日は、日が高くなるまで起きてこなかった。

この数日、あまりにも多くのことが起こり過ぎていて、そろそろ休息する頃おいだったのだ。

「お手伝いさせてくださいませ」

起きてくると、若侍姿に甲斐甲斐しく白襷《しろだすき》をかけ、厨《くりや》の手伝いをすると言い張ったが、すぐに茶碗や皿を落として割ったようだ。

がしゃッ、

がしゃッ、

と瀬戸物の激しく割れる音がしたかと思ったら、

「おやめなされ。慣れぬことをなさると怪我をなさいまするぞ」

黒兵衛の厳しい小言が聞こえてきた。

(やれやれ)

その声で完全に目を覚ましつつ、

(女子《おなご》の仕事が苦手《にがて》というのは本当らしいな)

思うともなく、三郎兵衛は思った。


「何故でございます？」

千鶴は思わず問い返した。

遅い朝餉を馳走になったあとで、外出のための身繕いをしていると、

「市中に出るのはやめておけ」

三郎兵衛から命じられた。

千鶴は当然その意を問わずにいられない。

「最早《もはや》必要なかろう」

「何故でございます？」

千鶴は再度問い返した。

「何処で襲撃されても、市中であれば確実に防げます。心配は要りませぬ」

若侍姿の千鶴は当然強く主張した。

「では、襲撃の黒幕をあぶり出すため、自ら囮《おとり》になるというのだな」

「え？」

千鶴は三郎兵衛を見返した。

「私は引き続き探索を……」

「探索の必要はない」

「ですから、何故でございます？」

「聡明なそなたらしくもないな。わからぬか？」

「…………」

「それとも、気づいていながら、敢えて目を背けておるのか？」

「私はなにも……」

「敵の目的は、そなたを大奥の外で殺すことだ。市中探索の命はそのための方便にすぎぬ」

身も蓋もない三郎兵衛の言葉に、千鶴はさすがに息を呑む。

「ですが……ですが、実際に大奥への賊の侵入はあったのでございます」

しかるのち気を取り直すと、懸命に言い募った。

「それとて、そなたを外へ出すための企《たくら》みのひとつかもしれぬ」

「私一人を殺すために、何故そこまでする必要がございます？」

感情が先走る千鶴を落ち着かせるため、三郎兵衛は一旦言葉を止め、

「昨日の贋《にせ》別式女を忘れたか」

やや低い声音で窘めるように言う。

「え？」

「市中で贋別式女を見かけたら黙って見過ごしにできぬそなたの気性を知った上で、あのように手の込んだ仕掛けを用意した。そなたをよく知る者の仕業《しわざ》にほかなるまい」

「…………」

千鶴の顔が忽《たちま》ち青ざめるのを承知の上で、三郎兵衛は敢えて冷ややかな言葉を投げかけた。

「あのとき、煙硝の匂いに気づかねば、いまごろそなたはあの女と同様黒焦げだ」

青ざめ、すっかり血の気の失せた千鶴の顔が大きく戦慄《わなな》くのを見て、三郎兵衛はさすがに言い過ぎたことを悔いたがもう遅い。

「あの女子、私の命を奪うための囮に……」

血の気の失せた面上に、忽ち苦渋が満ちてゆく。

「私のせいで……」

「そなたのせいではない！」

三郎兵衛は強い語気で言い放った。

心根の優しい人間がうっかり陥りかける落とし穴に落ちぬよう、ここは強引に引き止めねばならない。

「そなたを殺そうと企む者のせいだ。策略を用いて人の命を奪おうなどと企む者は最低の屑なのだ。履き違えて、己を責めるでないッ」

「松波様……」

「すべてが敵の策略であることも忘れ、無闇と己を責めるのは、愚か者の所業だ。そなたは偽善者か」

「ひどい…お言葉でございます」

「ひどいと思うのであれば、一日も早く黒幕を突き止めることだ。でなければ、敵は次々とそなたに対して刺客《しかく》を送り込む。……そなたが生きている限り、人が死に続けるのだ。それがいやなら、そなたが死ぬか？」

「いやでございます」

つと、千鶴の顔つきが一変した。

柔和な面に闘争心が漲《みなぎ》ると、忽ち女丈夫《じょじょうふ》の貌《かお》となる。

「むざむざ死にとうはございませぬ」

「ならば、戦わねばならぬぞ」

「戦いまする」

「黒幕の正体を突き止めるためには、これまで敵とは思うていなかった者も、敵と認めねばならぬぞ」

「…………」

「はい」

「此度《こたび》は大奥総取締役の命で、探索に出てきたと言ったな？」

「ならば、総取締役が黒幕かもしれぬ」

「それは…ないと思います」

「何故言い切れる？」

「もし総取締役様が私を疎《うと》ましく思われたならば、お役を罷免すればすむこと。殺したいと思えば、罪を着せて死罪に処することもできましょう。わざわざ大奥の外に出して殺すなどというまわりくどいことをする必要はございませぬ」

淀みない口調で千鶴は述べた。

「では、何者かに恨みをもたれる覚えは？」

「さあ……別れた夫と姑《しゅうとめ》以外には思いつきませぬ」

「ふぅむ」

千鶴の言葉に三郎兵衛は呻った。

「まさか婚家の旗本が、わざわざ人を雇ってまで別れた妻の殺害を目論むとも思えぬが……」

「あの者らであれば、やりかねませぬ」

「ひどい言われようだな」

三郎兵衛はさすがに苦笑した。

知り合ってまだ数日しか経っていないが、三郎兵衛の見る限り、千鶴はおよそ人に嫌われたり、憎まれたりするような人柄ではない。少々お喋りが過ぎるところはあるが、言ってよいことと悪いことの区別もつかぬような迂闊さは持ち合わせていない筈だ。

（だとすれば、一体何者が？）

三郎兵衛は思案した。

千鶴に思い当たることがないとすれば、黒幕に辿り着くためには、ひと工夫しなければならない。

「そういえば、総取締役との連絡はどうなっておる？」

ふと思いついて、三郎兵衛は問うた。

「連絡、でございますか？」

「何日も大奥を留守にするのだ。随時報告をすべきであろう」

「それでしたら、なにか余程の異変があったときだけ、総取締役様宛に文を送ることになっております」

「なるほど」

三郎兵衛はしばし考え込んでいたが、

「では、文を書け」

思案ののちに、言った。

「なんと？」

「驚天動地の事実が判明した。是非お見せしたいものがあるので、ちょっとお城の外へ出て来ていただきたい、と、いますぐ書いて届けるのだ」

「総取締役様を、お城の外に呼び出すのでございますか？」

「総取締役は来るまい。おそらく、来るのは代理の者だ」

「確かに――」

「仮に、総取締役本人が来たとしても、それはそれで面白いが」

言い終えたとき、三郎兵衛の思案もすっかり定まったのだろう。口辺に、うっすら笑みが滲んでいた。

「松波様？」

「よいから、早く文を書け」

「わかりました」

千鶴は直ちに従った。

千鶴もまた、独自の嗅覚によって、手放しで従ってよい指示と悪い指示の判断は瞬時につけられる。婚家を去り、大奥のような場所でのし上がってゆくには、必要不可欠の嗅覚であった。

「このようなところに呼び出して、どういうつもりじゃ？」

千鶴とさほど歳の変わらぬ中﨟《ちゆうろう》は、例によって権高《けんだか》な口調で言った。御高祖頭巾《おこそずきん》の下の切れ長の眼が抜け目なく千鶴を見据えている。

「総取締役様は？」

わざと愚鈍な表情をつくりながら千鶴は問うた。

「総取締役様が、斯様《かよう》な場所まで足を運ばれるわけがあるまい」

御高祖頭巾の中﨟は忽ち苛立った声をあげる。

彼女が言う斯様な場所とは、半蔵門《はんぞうもん》を出てすぐのところにある御用地である。

昼間でも人けはなく、季節柄草木が鬱蒼と生い茂っていた。

「では、あなた様は？」

動じることなく、千鶴は問う。

「あなた様のお顔を、私は存じませぬ。総取締役様のお側にお仕えするお中﨟のお顔なら、大概存じておりますが」

「無礼者ッ」

その途端、中﨟は、些《いささ》かはしたなくも思える金切り声を張りあげた。

「そのほうの如き、卑しい別式女ごときが、総取締役様のお側の者をすべて見知っておるなどと、烏滸《おこ》がましいにもほどがあるわッ」

「…………」

「妾《わらわ》のことなど詮索する前に、報告すべきことがあろう」

「ですが、なにぶん重要な事実でございますれば、総取締役様に直接お話ししたいと存じます」

「ええい、まだわからぬか、この慮外者《りよがいもの》めがッ」

焦れて、思わず袂を高く振り上げた中藺の背後から、黒装束の者が複数現れた。お馴染みの連中だ。ひと目見れば、どれほどの力量かもわかる。

「なにを調べたか知らぬが、最早どうでもよい。驚天動地の事実とやらとともに、地獄へ行け」

中藺の言葉が、黒装束の者への下知でもあったのだろう。言い終えるか言い終えぬかというところで、総勢六名が揃って千鶴に殺到した。だが、

「…………」

千鶴は慌てず中藺に近づくと、その体を背後から捕らえて羽交《はが》い締めにする。

「な、なにをしやる！」

「地獄へゆくなら、もろともにでございます」

「ふ、ふざけるなッ」

「ふざけているのはそちらであろう」

千鶴の口調が不意に一変し、

「斯様な場所へ、のこのこ現れるとは、どういう了見だ、新島殿《にいじま》ッ」

　耳許に低く怒鳴ると、中臈は忽ち凍りつく。

「顔を見覚えていないというのは嘘でございます、新島殿。……あなた様は、もとはお幸《こう》の方様付きのお中臈であったが、確かなにか不始末をしでかして、大奥を追放された」

「…………」

　体の自由を奪われた女は容易《たやす》く震えあがり、言葉を無くした。

「なんの不始末であったかな？……仮に不義密通の罪を犯せば死罪か、よくても遠島。大奥追放ですんだのは大方お年寄の懐から金子《きんす》でもくすねたのであろう、この、こそ泥中臈め」

「な、なにをしておるッ、早く、こやつを殺し、妾を助けよッ」

　こそ泥呼ばわりされてさすがに怒ったか、新島は黒装束たちに向かって叫ぶ。

「いいんですか、そんなこと言っても？」

　千鶴の問いの意味は、いきり立つ新島にはわかりかねた。

　次の瞬間、命じられるまま刃を翳して飛び出して来る黒装束に向け、千鶴は新島の体を思いきり突き飛ばしたが、そのときでさえ、その一瞬後己の身になにが起こるか、想像できなかったに違いない。

　ぐふッ、
　黒装束の手にした刀が新島の体のど真ん中を情け容赦なく貫いた。

　黒装束は、別に新島の配下というわけではないので、彼女の命を最優先する義理はない。千鶴の行動は、それを瞬時に見抜いてのことだったが、

（情け容赦ないのう。それに存外口も悪い）

　陰から見ていた三郎兵衛は内心呆れた。

　根っからの善人と決めつけるのは早計かもしれない、と思いつつ、刀を抜いて殺到する黒装束の背後に迫った。

　物陰に隠れていた黒装束の人数は六名。

　千鶴一人でも斃せるだろうが、一応三郎兵衛が死角に潜んだのは飛び道具を警戒してのことだ。

「どりゃあーッ」

　気合いとともに、斬り進む。

（不思議だ）

　斬り進みつつ、三郎兵衛は首を捻る。

思わせぶりに黒装束など身につけているから、てっきり忍びかと思えば、どうもそうでもないらしい。得物として忍び刀を用いているのは素性を隠すために過ぎず、奴らの正体は多少剣の素養のある普通の侍ではないかと思われた。

通常、一度の襲撃に失敗すれば、次回以降はもっと腕の立つ者を送り込むものなのに、一向にそうはならない。ほぼ同じ力量の持ち主が次々と襲ってくる。

とりわけ、今日この御用地に潜んでいた者たちにいたっては、過去二回の襲撃者に比べて明らかに劣っていた。

その証拠に、千鶴一人で、瞬《また》く間にほぼ全員を斬り伏せた。

二度の襲撃は向こうの主導で行われたが、今日は千鶴の文によって呼び寄せられた。もとより、千鶴の文が総取締役に届かぬことは想定内だ。千鶴の名で大奥に届いた文を、大奥内にいる千鶴の敵は必ず盗む。

当然中身に目を通し、人けのない御用地なら恰好の暗殺場所と踏んで大喜びしたかもしれないが、生憎こちらの都合で呼びつけたため、腕利きを集める時間がなかったのかもしれない。

女の体に煙硝を仕込ませるようなえげつない真似をするくせに、どこか抜けている。

「終わりました」

やがて刀を鞘に戻した千鶴がろくに息も乱さず駆け寄ってきたとき、三郎兵衛は未だ思案の途中であった。

「終わったか」

「はい」

「言ったとおりにしたか？」

「はい」

「しかしそなたも、顔に似合わず酷《むご》いことをする」

「新島のことを仰せでしたら、心外でございます」

「なにが心外なのだ」

「新島が、大奥で不始末をしでかしながら追放ですんだのは、実家が名だたる大店《おおだな》だったからでございます」

千鶴は懸命に言い募った。

「新島の実家は、大奥出入りで、火薬も扱う薬種問屋の《山城屋《やましろや》》でございます。……煙硝は、新島の実家から調達したものに相違ございませぬ」

「そう…であったか」

千鶴の語気に些か気圧されつつも、三郎兵衛は応じた。

「そなた、新島が大奥を追放された件に、関わっておるのだな?」

「…………」

「それ故新島は、そなたを害そうという企みに加担した」

「如何に横領や着服が日常茶飯の大奥とはいえ、新島の行いは目に余ったのでございます」

千鶴の語調は更に熱を帯びてくる。

「新島の追放に力を尽くしましたことを、後悔してはおりませぬ」

(力を尽くしたのか……)

口には出さずに三郎兵衛は思った。

善人であれ悪人であれ、人の進退に関わる立場にあれば、退けられた者の恨みを買うのは当然だ。

(その認識がないのか。……だとすれば、無数の恨みを買っていても仕方あるまい)

嘆息まじりに三郎兵衛は思った。

役目を最優先と考え、己を滅してでも公のために生きる者は、それで人の恨みを買うなどとは夢にも思っていない。思っていないからこそ、強い処断を下すことができる。

（なるほど。男女の別なく、こういう者は、無意識に人の恨みを買うことになる）

迷いのない千鶴の顔を見返しつつ、三郎兵衛はしみじみと思った。

「あの屋敷に入ったのか？」

「はい」

やや眉を顰めつつ、銀二は答えた。念を押されるのも不愉快極まりないのだろう。

「何処の何方《どなた》のお屋敷かは存じませんが」

完全に、不貞腐れていた。

当然だ。武州につきあわされたが結局何事もなく、江戸に戻ってからは、日頃あれほど銀二にベッタリだった勘九郎が何処かに雲隠れしてしまった。挙げ句の果てに、不在の桐野の代わりのように呼び出されたのだ。

「旗本屋敷だな？」

「ええ、かなりの御大身みたいですねぇ」

「三千石くらいかな？」

「三千石の御旗本、尾倉《おぐら》様のお屋敷ですよ」

誰の屋敷か知らぬと言っておきながら、ジリジリ詰めてくる三郎兵衛の問いに耐えきれず、銀二は答えた。

もとより、逃げた刺客が逃げ込んだ屋敷を突き止めたら、何処の誰の屋敷かを確かめるのは探索の基本だ。三郎兵衛は、もとより銀二がそれを怠っているとは思っていない。

「尾倉式部大夫《しきぶのたいふ》様のお屋敷です」

「尾倉式部大夫？」

その名を聞くなり、千鶴がハッと表情を強張らせた。

「知っているのか？」

「尾倉式部大夫は、《櫻《さくら》》の頭《かしら》・雪絵《ゆきえ》の父君でございます」

「《櫻》の頭とは？」

「別式女・二番組の名称でございます。一番組が《葵》、二番組が《櫻》、組頭は、それぞれの組の名で呼ばれます」

「《葵》と《櫻》のあいだには、どれほどの格差があるのだ？」

「え？」

何気ない三郎兵衛の問いに、千鶴は少なからず驚いた。

三郎兵衛の言葉が的を射ていた証拠であった。

「松波様は、大奥のことに精通していらっしゃいますか？」

「いや、なにも知らぬ。だが、少し考えればわかることだ」

と軽く首を振り、一旦言葉を止めてから、再び口を開く。

「《葵》と《櫻》が対等でないことは誰にでもわかる。そなたは一番組の頭であるが、一番組の頭は即ち二番組をも従えるのだと言ったな。であるならば、二番組の頭は一番組頭の配下にあり、実際には小頭《こがしら》程度の権限しか持たないことになる」

「そのとおりでございます」

躊躇《ためら》うことなく、千鶴は答えた。

「別式女の長《おさ》は、一番組の頭《葵》です。その座を争い、四年に一度、腕比べが行われます」

「腕比べ？　どのような？」

「はい。先ず、総取締役様からいくつかの課題が与えられます。課題に答えられぬ者から次々と脱落してゆき、最終的には二人にしぼられます。二人にしぼられてはじめて、武芸の試合をいたします」

「ほう、なかなか本格的ではないか」

「試合は、それぞれの得意な得物を用いて行われます。たとえば、薙刀《なぎなた》の名手と小太《こだ》刀《ち》の名手が戦えば、薙刀の試合と小太刀の試合が行われ、それで決着がつかねば、最後は剣の試合になります。それ故大抵の腕比べは三度に及びます」

「そなたは何で戦ったのだ？」

「私も雪絵も、ともに剣を得意としておりましたので、試合は一度で済みました」

「一度で決着がついたのだな」

「決着はつきましたが、三度戦うのが通例であるからと雪絵が言い張り、仕方なく三度戦いました」

「それで？」

「三度戦い、三度とも私の勝ちでございます」

「気の毒に、雪絵は、同じ相手に三度も続けて負けたのか？　一度で済ませばよかったものを――」

「自ら望んだのですから、自業自得《じごうじとく》でございます」

「で、その腕比べはいつのことだ？」

「昨年の暮れのことでございます」

「それから雪絵はそなたの配下というわけだな」

「はい」

「限界だな」

「はい？」

「腕比べで三度も負けた相手の配下になり、半年以上も堪え忍んできたのだ。我慢の限界だったのだろう」

「ですが、それで私が恨まれるのは御門《おかど》違いでございます」

「ああ、そのとおりだ」

　と三郎兵衛はあっさり同意した。

「では――」

「だが、そもそも恨みとはそういうものだ。世の中に蔓延する恨みの大半は、逆恨みというやつだ。そうは思わぬか？」

　少しく考え込んでから、

「そうかもしれませぬ」

　千鶴は力無く同意した。

　三郎兵衛の指摘をもっともだと思うと同時に、千鶴自身にも複雑な思いがあるに相違ない。

　それから急に威儀を改めると、

「大奥に戻ります」

三郎兵衛に告げた。なにかをふっ切ったような顔つきであった。

「戻るのか？」

半ば予想していたことだが、それでも三郎兵衛は問い返した。

「はい、戻ります。敵は、大奥の外で私を殺したいのですから、大奥の中は安全でございます」

と言う千鶴を、敢えて引き止める言葉は、三郎兵衛にはなかった。

二

（あの者にだけは絶対に負けぬ）

彼女に対する雪絵の感情は、初対面の時からはじまっていた。

一見、武芸など全く知らぬ温和な年増女の顔をしているくせに、いざ勝負となると鬼の如く強くなるあんな女とは、これまで一度もお目にかかったことはなかった。

雪絵は、生まれながらにして武芸の道に進むべき女子だった。

子供の頃から大柄で力が強く、弟たちはもとより、二つ年上の兄ですら、相撲で雪絵を負かすことはできなかった。

十を過ぎる頃から、背丈も伸び、いよいよ力が強くなった。

兄と同じ道場に通い、兄より先に免許を許された。

なにしろ身の丈は六尺豊か、名に付けられた雪の字が皮肉にしか思えぬほど色は黒く、その容貌は鍾馗《しょうき》に似たり、と噂された。それでも、二千石の大旗本の娘だ。嫁のもらい手くらいはいくらでもあっただろう。

「お前が男であったならな」

父の式部大夫は雪絵を見るたび長嘆息した。

そんな父の、一抹《いちまつ》の憐れみのこもる目に触れたことで、かなり早い時期から、一生嫁《とつ》がずともよい、と決意していた。

嫁がず、できれば己の武芸のみを頼りに生きてゆきたいと望んだ。それには、大奥の別式女になるのが、最も手っ取り早い道だった。

そして、一生大奥で生きてゆくと決めたからは、頂点に立たねば意味がない。一番組の頭《葵》になることは、別式女になった当初からの雪絵の目標だった。

元々体格がよく、如何にも女丈夫の面構《つらがま》えをした雪絵が大奥で擡頭《たいとう》するのにさほどのときはかからなかった。

見た目は全然強そうに見えぬ出戻りの千鶴が大奥に入ってきたのは、雪絵に遅れることひと月ほど後のことである。

歳は十近く上で、平素ニコニコと愛想のよい千鶴は、雪絵の見る限り、離縁されても実家に居場所のない出戻り女の避難先として大奥を選んだとしか思えなかった。

「一手ご教授願えますか」

それ故、卑屈にも慇懃《いんぎん》にもならぬよう細心の注意を払いながら、雪絵は初対面の千鶴に挑んだ。

「お手柔らかに願います」

年増特有の愛想笑いを満面に浮かべて千鶴は応じたが、わけもわからぬうちに、雪絵は竹刀を叩き落とされていた。

目にもとまらぬ早技の籠手《こて》だった。

「まだまだ」

雪絵はむきになり、再度挑んだ。

ところが千鶴は、

「私のような新参者がお手を煩わせては、他の方々に申し訳ございませぬ。また明日お手合わせ願います」

慇懃な物腰で恭《うやうや》しく頭を下げ、そそくさと道場を去った。

（おのれ！）

雪絵にとって、これ以上の屈辱はなかった。

いま思えば、最初の手合わせで千鶴は知ったのだ、雪絵が、己にとって全く強敵ではないということを。

以後、ほぼ毎日のように道場で手合わせしたが、雪絵の百戦百敗であった。

（何故勝てぬ）

雪絵は焦《じ》れつつ、懸命に稽古に励んだ。

組頭を決める腕比べの日までに、なんとしてでも千鶴より強くなりたかった。

が、なれなかった。

腕比べでは、三度続けて惨めに負けた。完敗であった。完膚《かんぷ》無《な》きまでの敗北を喫した以上、最早大奥にはいられない、と思った。千鶴の下で二番組の頭に甘んじる屈辱にも耐えられそうになかった。そんな屈辱に耐えるくらいなら、いっそ父親に頼んで嫁入り先を見つけてもらうほうがましだった。

雲衝くばかりの鍾馗似であっても、直参尾倉家と縁を結びたい下級御家人は少なくないだろうから、もらい手はあるだろう。歳だって、まだ二十三だ。産もうと思えば子も産める。

だが、

「いま少し待て」

宿下がりの際、大奥退去を口にした娘に父は待ったをかけた。

「いましばし辛抱せよ。さすれば、そなたの願いはかなう」

「どういう意味でございます？」

「お年寄の笹島《ささじま》殿は、もうすぐ次の総取締役になられる。そうなったとき、諸事融通の利かぬあの者は邪魔だ」

「父上……」

「笹島殿との話はついておる。笹島殿が大奥総取締役になられるとき、お前は一番組の頭になれる」

という父の言葉を、悪夢のように雪絵は聞いた。

どうやら陰謀の渦中にあるようだということは朧《おぼろ》に悟った。

一心に武芸に打ち込んできた雪絵にとって、誰かを罠にかける陰謀などというものを己の視野に入れたこともなかった。

しかし、雪絵の思惑とは関係なく、陰謀は進んでいった。

雪絵は、ただ傍観するだけで自ら進んで陰謀に加担しようとは思わなかったが、あの憎い千鶴に吠え面をかかせられるなら、それもよい、と思うようになった。

一番組の頭――即ち、《葵》になれることは最大の目標だったが、それは自らの力で手に入れてこその栄光だ。人の力を借りて手に入れても、たいして嬉しくはない。

それよりもなによりも、己は何故、一見どこにでもいそうな年増の千鶴に敗れたのか、何故勝てぬのか、ただそれだけが知りたかった。

「雪絵殿」

道場で正座しながら沈思《ちんし》していると、静かに千鶴が入ってきた。

大奥は、どこもかしこも胸焼けしそうな脂粉《しふん》の香に満ちているが、唯一別式女のための道場にだけはそれがない。別式女は化粧などしないからだ。それ故、雪絵にとっては唯一心の安まる場所だった。

「矢張りここにおられたか」

千鶴は、そのとき僅かに微笑《ほほえ》んでいた。

思いもしない相手が不意に目の前に現れたことよりも、相手が何事もなく大奥に帰還したというそのことに雪絵は驚き、同時に安堵した。

「お帰りでしたか、《葵》様」

「白々しい」

とは言わず、淡く微笑んだ表情のままで、

「一手お手合わせ願いましょうか」

千鶴は言った。

だがそれには答えず、雪絵はその場で一礼した。

「ご無事のお戻り、祝着に存じます」

「さすがに、驚きませんね」

「…………」

千鶴の言葉に、雪絵は思わず息を呑む。

「本来ならば、今頃私は息をしていない筈。そう思うておいでなのでしょう」

「私は……」

雪絵はしばし言い淀んでから、

「私はなにも存じませぬッ」

強い語調で言い返した。

千鶴の面上からも、微笑が消える。

「なにもかも承知の上でここにおられるほど、あなたが厚顔無恥とは思うておりませぬ」

「な……」

雪絵は瞬時に顔を朱に染めて絶句した。

「ですが、なにも知らなかったというのも嘘でしょう」

「…………」

「お父上から、なにも聞かされていなかった筈がない。……知っていながら、《葵》の座が転がり込んでくるなら、そ知らぬふりをしていようと決めた」

「ち、違う！　違いますッ！」

「なにが違うのです！」

「わ、私は……」

「卑怯《ひきょう》な手を使い、人の命を奪ってまで、《葵》の座が欲しかったのですか！」

「ほ、欲しがって悪いか！」

遂に開き直って雪絵は叫んだ。

「大奥の別式女になった日から、《葵》と呼ばれるのが夢だった。……ほ、欲しがって、なにが悪いというのです！」

「欲しがるのはよい。そのための腕比べです」

「…………」

存外静かな千鶴の言葉は、だがいきり立つ雪絵の気持ちを容易く挫《くじ》いた。

「腕比べの結果が不満でしたか？」

との問いに答えられる言葉はなく、ただ項垂《うなだ》れるしかない。

「…………」

「腕比べの結果が不満だからといって逆恨みするなど、言語道断！　それでも、己の武芸のみを恃《たの》みにご奉公する別式女ですかッ！」

千鶴に叱責され、雪絵はいよいよ深く項垂れた。

「立ちなさい、《櫻》」

深く項垂れたきり、身動ぎ一つせぬ雪絵に向かって、千鶴は更に鋭く言葉を投げる。

「立ちなさい。立って、竹刀をとりなさい」

項垂れた雪絵を冷たく見下ろしながら、もう一度千鶴は命じた。

「…………」

困惑顔に見返してくる雪絵の目を、

「何故私に勝てぬのか、教えてあげます」

真っ直ぐ見返しつつ、千鶴は自ら、壁にかけてある竹刀をとった。

仕方なく雪絵は立ち上がり、言われるままに竹刀を手にとり、千鶴の前に立つ。

日頃はそれほどとも思わぬ千鶴の体が、対峙した途端、別人かと思うほど大きく感じられる。

千鶴が大奥に入ってきた五年前から、何度手合わせしたかしれない。

人には調子の波というものがある。実力が伯仲《はくちゅう》している場合、その日の体調や気分など、ほんのちょっとしたことで勝敗が決するものだが、千鶴に限っては、そうした付け入る隙が全くなかった。

それ故、こうして竹刀を構えて向き合っただけで、雪絵は千鶴には勝てる気がしない。

「なにをぼんやりしています！」

青眼から真っ直ぐ打ち下ろしざま、千鶴は言い放つ。

ザッ、
と鈍い感覚とともに竹刀を払われ、雪絵はさすがにカッとなる。

（おのれ！）

カッとなり、猛然と打ちかかった。

ガッ、

ガッ、

ガッ、

雪絵の体格から繰り出される渾身《こんしん》の打ち込みをくらえば、その衝撃だけで体が吹っ飛んでもおかしくはない。現に、大奥に来たばかりの若い娘は雪絵に一撃打ち込まれるだけで動けなくなってしまう者は少なくなかった。

だが、千鶴の体は一体どうなっているのか、雪絵の攻撃を易々と体内に吸収してしまい、眉一つ動かさない。

(おのれ！　おのれ！)

怒りで見境がつかなくなったところで、コツン、と軽く、手の甲を叩く程度の籠手をくらってすべてが終わる。

結局同じ結果であった。

「わかりましたか？」

「…………」

「あなたが私に勝てない理由です」

「わかりません」

「あなたは私を見ていない」

「え？」

「これまで何度も手合わせしてきて、一度も私を見ようとしなかった。これでは勝てるわけがない」

「見ています！　相手を見ずに試合できるわけがないではありませんか」

「いいえ、見ていない。そうでなければ、私より力も強く、太刀筋も鋭いあなたが、一度も勝てぬわけがない。あなたは目の前の私を見ず、自分ばかり見ている」

「…………」

「嘘だと思うなら、明日から、稽古のとき、他の者と手合わせしている私を、対戦している者の側から見てご覧なさい。己が私と戦っているつもりで。……本気で見ていれば私の太刀筋が読める筈です」

姿勢を正して神棚に一礼し、竹刀を元あった場所へ戻しつつ、千鶴は言った。

「なぜ……」

雪絵は戸惑った。

千鶴の口調は、完全に、弟子に教える師のものだった。敵と思っている相手からの教えなど、自尊心を傷つけるものでしかない筈なのに、何故かこのとき、雪絵は素直に聞くことができた。

「あなたと私では、十も歳が違う。いまは私が勝っていても、あと一、二年もすれば私の力は衰え、あなたが勝つ」

「…………」

「己の心に恥じるところがないなら、大奥を去ることはありません」

「え？」

「腕が衰えれば別式女は続けられぬ。あなたは、次の腕比べで堂々と私を負かし、《葵》の名を奪えばいい」

「何故そのようなことを仰せられるのです。私は、あなたを……」

「別式女の役目は、大奥を…大奥の女たちを護ること。強き《葵》がいてこそ、それがかなう」

「…………」

「よいですね？　明日から、稽古のとき、私を見るのですよ、雪絵殿」

「は…い」

雪絵が素直に頷くのを確認してから、千鶴は踵を返して道場を出た。

三

「信玄の埋蔵金だと？」

両の眦《まなじり》をつり上げて桐野を睨んだ三郎兵衛の反応は、ほぼ勘九郎が予想したとおりのものだった。

「どうか、話だけでもお聞きください」

と懸命に言い募る桐野にめんじて、一応最後まで話は聞いたが、終始苦虫《にがむし》を嚙み潰したような顔つきであった。

そして聞き終えた後は、更に険しい表情になり、

「隠し金山ではなく、埋蔵金だったというのか」

と、同じ話を聞いた瞬間の桐野とほぼ同じ反応を見せた。

それから少し落ち着き、しばしの思案の後に、

「次左衛門は知っているのか？」

三郎兵衛は真顔で桐野に問うた。

「いいえ。先ずは御前にご報告するのが筋でございますから」

例によって、終始変わらぬ口調、変わらぬ声音で桐野は言った。

（こやつ、涼しい顔をしおって……）

懸命に無表情を装いながらも、三郎兵衛の内心は穏やかではない。

油断すれば無意識に顔つきが険しくなるのも無理はなかった。

何日も無断で姿を消していた上、何処でなにをしていたかと思えば、言うに事欠いて、武州まで信玄の埋蔵金を探しに行っていた、と言う。
○○の埋蔵金だの幻の財宝だのといった伝説・言い伝えの類を、三郎兵衛は最も嫌う。
大概の言い伝えが、何者かによって故意に広められた虚偽であることを知っているからだ。

「それで、埋蔵金は結局どれほどあったのだ？」

「代々の番人が少しずつ持ち出してしまっていたため、たいした量は残っておりませぬ。それに、すべて掘り出したままの粗金でございますれば、綺麗に研《みが》いて精錬しました後、果たしてどれくらいの量になるのかもわかりませぬ」

桐野は表情を変えず、淡々と言葉を継いだ。

勘九郎を驚かせたほど積極的に武州へ向かい、埋蔵金を強奪しようとした同じ人間の言葉とは到底思えなかったが、三郎兵衛はそれを知らない。なのに、埋蔵金に対しててはほぼ寝耳に水の三郎兵衛に対して、桐野の報告はあまりにも不親切であった。

「ですから、埋蔵金があとどれくらい残っているのか、それはもうどうでもよいのでございます」

「では、一体なにが問題なのだ？」

三郎兵衛は当然訝《いぶか》った。

埋蔵金の有無さえあやふやなのに、それ以上の問題があるとは到底思えない。

「番人とその一族でございます。埋蔵金を持ち出した者はそのまま村を出て行くことになるので、もうたいした人数は残っておるまい、とタカをくくっておりましたが、何代も代を重ねているために子孫が増え、なかなかの数になっておりまして……」

そこで一旦、桐野は言葉を止めた。

三郎兵衛に、しばし思案のときを与えるためだった。

「軽く掃討するつもりでおりましたが、あまり無駄に殺生するのも如何なものかと思い、いまは仁王丸とその配下の伊賀者に見張らせております」

「なに、仁王丸に？」

三郎兵衛はさすがに表情を変えた。

仁王丸が桐野に従っている経緯を、桐野は詳《つまび》らかにはしていない。

そのため、三郎兵衛にとっては、仁王丸は必ずしも信用に足る相手ではなかった。

「仁王丸については、仔細がありまして、いまは私に従っております」

と桐野に聞かされても、三郎兵衛には俄《にわか》に納得できるものではなかった。

そもそも、この数日間桐野と仁王丸が行動を共にしていた、という事実も、三郎兵衛にとっては到底受け入れがたいものであった。

(儂《わし》に無断で屋敷の……儂の警護を怠った挙げ句、暢気《のんき》に埋蔵金探しとは、一体なにを考えておるのだ)

いっそ口に出して問い詰めたいところだが、一昨日屋敷に連れてきた別式女・千鶴のことがやや後ろめたく、できればあまり執拗に問い質《ただ》すような真似はしたくない。

無論桐野はなにがあろうと、三郎兵衛に対して追及するような真似はすまいが、勘九郎はそうはいかない。桐野とともに戻ってきた勘九郎は、千鶴の存在を知らぬ筈なのに、何故か、なにか言いたくてうずうずしている様子だった。まさか、堂神の《眼》を通して千鶴の存在を知られていようとは夢にも思わぬ三郎兵衛は、それを、血縁者故の、血の繋がりがなせる勘の良さと受け取り、内心焦《あせ》った。

もし少しでも桐野を問い詰めれば、忽ち勘九郎が色めきだち、

「その前に、祖父さんの話を聞かせてくれよ」

と詰め寄ってこないとも限らない。

できればそれは避けたかった。

「それで、お前はどう考えておるのだ、桐野？」

思案の末に、三郎兵衛は注意深く桐野に問うた。

「…………」

桐野は答えを躊躇《ためら》った。

「番人たちを根絶やしにした上で、埋蔵金を根刮《ねこそ》ぎ手に入れようとしたのだったな？」

「はい」

仕方なく頷いてから、

「それが、目安箱に投書した者の願いだと思いましたので」

気重な口調で桐野は答える。

「だがそやつは目安箱への投書で儂らを誘《おび》き出し、殺そうとしたではないか」

「埋蔵金の存在をお二人に印象づけるには、ああするよりほかなかったのでございます。……本気ではございませぬ」

苦しげながらも、辛うじて桐野は言った。

「だとしても、やりすぎだ。儂は兎《と》も角《かく》、次左衛門めは本気で怯えておったぞ」

「下野守様がご同行されたことは計算外でございました」

「それはそうだが……」

「武田家埋蔵金の噂は、かなり前から武州界隈に広まっていたのでございます。それを聞きつけ、一攫千金を求める有象無象《うぞうむぞう》が集まってきては、村々を荒らしまわり……中には、あのあたりに領地を持つ小大名・旗本の手の者もおりました。それに対して、それに対して、代官所はなにもせず、百姓らは自衛するしかありませんでした」

「確かに、彼方此方《あちこち》で異様な気配を感じはしたが……」

三郎兵衛は言いかけ、

「そなたは随分とそやつに肩入れしておるではないか、桐野。お前らしくもないな」

だが、途中からさり気なく話題を変えた。

「いえ、決してそのようなつもりはございませぬ。……ただ、よりによって、天領から謀反人を出すわけにはゆきませぬので」

「謀反人？」

「埋蔵金と称する軍資金を、お上に内緒で貯め込んでおるのですから、立派な謀反人でございます」

「…………」

やや飛躍した桐野の言葉に、三郎兵衛は返す言葉を持たなかった。

多少人間らしい面を垣間見せたからといって、侮ってはいけなかった。上様を脅かす謀反人の存在は絶対に許さない。それこそが、お庭番・桐野の本質であった。

桐野ははじめから、隠し金山であろうが埋蔵金であろうが、徳川に対して財を秘匿しようとする者は謀反人であると考えていた。日頃は三郎兵衛の下知に従っているが、それは、三郎兵衛の考えが桐野と同じであるためだ。上様の直臣であるという意識は、旗本と同じか、或いは旗本以上かもしれない。

「ところで、御前、一つお願いがございます」

ふと口調を変え、遠慮がちに桐野が言った。

「なんだ？」

「目安箱に投書をした者と、会ってやっていただけませぬか？」

「なに？」

「その者が、是非に御前にお目にかかりたい、と申しております」

「何故だ？　儂はそのような者と面識などないぞ」

「御前にはないのかもしれませぬが、その者にはあるのです。昔、御前に助けられた、と申しております」

「儂に？」

「はい。若い頃、江戸に出て来た折に、右も左もわからず市中をさまよい、うっかり旗本当主にぶつかって無礼討ちにされかけたところ、当時書院番をされていた旗本・松波家の御当主に救われた、と――」

「書院番……三十年も前のことだ。そやつはいま幾つだ？」

「おそらく、五十そこそこかと」

「ううむ……似たようなことがあったような気もするが、いちいち覚えておらぬ」

「嘘かまことか、しかとはわかりませぬ。ただ、御前にならば、江戸に逃げた番人の潜伏先を教えてもよい、と申しております」

「江戸に逃げた番人とは？」

三郎兵衛は訝った。

交換条件を出してきたということは、その条件に余程の自信があるのだろう。

だが、そもそもその種の取り引きは、三郎兵衛の最も嫌うものだ。桐野もそれは承知している。

「先日、番人の里から金塊の箱を五つも持ち出した者たちがいたそうでございます。ですが、粗金を研くには些かときがかかります。いまならまだ、すべての金塊を金に変えてはいないだろうから、そっくり取り戻せる、とその者が申すのです。自分になら、逃げた連中の行き先もわかる、とも申しております」

それ故桐野はできるだけ丁寧な口調で述べたが、

「おかしいではないか」

三郎兵衛は即座にそいつの矛盾を指摘した。

「そやつは、残り少ない埋蔵金を幕府に差し出すのが目的で目安箱に思わせぶりな投書をした。であるならば、交換条件など出さず、無条件で盗っ人の潜伏先を教えるべきではないか」

「申し訳ありませぬ」

桐野が即座に叩頭した。

「私の言い方がおかしゅうございました。その者は、交換条件など出してはおりませぬ。ただ、御前にお目にかかりたい、とのみ。……その代わりに盗っ人の行方を教えるなどとは申しておりませぬ」

(桐野らしくないな)

三郎兵衛は密かに眉を顰めた。

どう考えても、桐野の態度はおかしい。そのおかしさを隠そうとしないところが、おかしさを跳び越えて最早異様であった。

三郎兵衛は、武州からの帰路で姿を消し、再び姿を見せる今日までの間、桐野の身に何が起きていたかを知らない。さしもの桐野も、仁王丸のような異常な人物と一つ屋根の下で、一瞬たりとも気を抜けぬときを過ごし、消耗した。消耗しきった。仁王丸の動きをすべて察し、危険はないということがわかったいまでも、一度すり減ったものはすぐには戻らない。

だが、そうした桐野の事情を知らぬ三郎兵衛は、思案の挙げ句、

「そやつ、本当に儂に助けられたと申しておるのか？」

頻《しき》りに首を傾げるしかなかった。

いまのところ、思い出せることはないが、三郎兵衛を名指ししているのは気がかりだ。

ところが、

「どうかしてんじゃねえのか、桐野」

それまで黙っていた勘九郎が、唐突に怒気を発した。

「そんな、思いきり怪しい野郎を祖父さんに会わせられるわけがねえだろうがッ」

「…………」

勘九郎の語気に圧倒されて、桐野はもとより、三郎兵衛にも口にすべき言葉はなかった。

四

「お殿様ーっ」

その者は、三郎兵衛をひと目見た瞬間、両の眼《まなこ》に見る見る涙を溢れさせた。

「本当に、お殿様でございますね」

縁先にいた三郎兵衛に駆け寄り、その足下に跪《ひざまず》くと、童の如く号泣する。

「うぉうーッ、お会いしとうございました〜ッ」

(誰だ?)

三郎兵衛は戸惑った。

五十過ぎの、どこから見ても草臥《くたび》れた初老の男だ。見覚えはない。

「お殿様、平左《へいざ》でございます。……あの折、《霧《きり》》の平左と名づけていただきました」

「《霧》の平左?」

些か聞き覚えがあったのか、三郎兵衛はふと平左の顔に見入る。

「平左?」

「はい」

平左は、涙と鼻水でくしゃくしゃに汚れた満面に笑みを浮かべた。

「…………」

三郎兵衛は懸命に記憶を手繰《たぐ》るが、男の顔にも、《霧》の平左にも覚えはなかった。

困惑した挙げ句、三郎兵衛は傍らにいる桐野を見た。

意外にも、桐野もちょっと驚いているようだった。

仁王丸が送り込んできたこの男を、桐野も当然刺客ではないかと疑っていた。そもそも仁王丸が連れてきた時点で、充分怪しかった。勘九郎に指摘されるまでもなく、日頃の桐野であれば、絶対に三郎兵衛の側になど近づけなかったであろう。勘九郎に叱責されて桐野は目が覚めたが、

「連れてこい」

意外にも、三郎兵衛は言い放った。刺客に怯えていると思われるのがいやだったのだろう。

「埋蔵金の礼を言わねばならん」

仮に刺客だとしても、刺客だと見抜かれている時点で、使命を全うすることはできない。そう判断して、桐野は平左を伴った。

三郎兵衛を一瞥するなり、その足下に跪き、声をあげて泣き出した平左の言葉に嘘はなさそうだった。では、三郎兵衛に命を救われたというのは本当なのか？

(参ったな、全然思い出せぬ。……こういうときは、嘘でも話を合わせたほうがよいのかのう)

救いを求めるつもりで桐野のほうを見たのに、桐野もまた意外そうに目を見張ると同時に当惑しきっていた。

「そのほう……平左――」

仕方なく、三郎兵衛は泣き続ける足下の男に呼びかけた。

「はい、なんでしょうか、お殿様」

「お前、儂に助けられたと言うが、何故儂の名がわかった？　儂は、たとえ誰かを助けたとしても恩着せがましく名乗ったりはせぬぞ」

「はい。そのとおりでございます」

「え？」

「お殿様は、あの折いくらお名を聞いても名乗ってくださらず、そのまま行ってしまわれました」

「ならば、何故?」

「あとを尾行《つ》けました。お屋敷まで尾行けて、近所の人に、ここはどなたのお屋敷かと訊ねました」

「なんと……」

事も無げに言う平左の顔を、呆れ返って三郎兵衛は見返した。

「おかげでこうして、再びお目にかかることができました。……お殿様にはまるでお変わりもなく、あれから三十年のときが経ったとは到底思えませぬ」

最前まで号泣していたというのに、いまは満面を歓喜の笑みで満たしている。人懐《ひとなつ》こい笑顔であった。

「それで、どうする、平左?」

「へ? どうする、とは?」

「折角江戸に出て来たのだ。しばらく当家に逗留するか?」

「え、よ、よろしいのですか?」

「そもそも、己のやったことを思えば、村には帰りづらいのではないのか?」

「…………」

「田舎暮らしの者が江戸に浮かれて間違いがあってはならぬ。お前さえいやでなければ、好きなだけ当家におるがよい」

「も、もったいのうございます。ありがとうございます、お殿様ッ」

歓喜に満ちていた平左の顔が、再び泣き顔に変わりそうな雲行きを察すると、

「黒兵衛ッ、黒兵衛はおらぬかッ」

襖《ふすま》の奥に向かって三郎兵衛は呼ばわった。

「ここにおりまする」

大方、襖の向こうで耳を欹《そばだ》てていたのだろう。すぐに飛び出して来て、縁先から庭に転がり降りる。

「この者を、長屋に案内してやれ。……九蔵《きゅうぞう》だったか？　あの盗っ人親分がいた部屋がよかろう。夜具や火鉢など、まだ片づけていまい」

「はい、仰せのとおりに」

黒兵衛は恭しく一礼し、平左を促してそそくさと去った。こういうとき、ぐずぐずすれば即ち叱責をくらうだけだ。

「本気でございますか？」

「ん？」

黒兵衛に連れられた平左の足音も聞こえぬほど遠く二人が立ち去ったところで、桐野は三郎兵衛に問いかけた。仮に平左が伊賀者であったとしても、これだけ離れれば話し声は聞こえぬ筈だ。

「本気で、あの者をお屋敷に住まわせるおつもりですか？」

「ああ、毎日顔を合わせていれば、なにか思い出すかもしれぬしな」

「あの者の言うことをお信じになるのですか？」

「いや、信じてはおらぬ。そもそも、裏切り者が埋蔵金を持ち出して江戸に運んだというのも、嘘であろう？」

「何故おわかりになりました？……確かに、奴の言う場所へ金塊を取りに行きましたところ、箱を隠した炭焼き小屋の中に、人がいた気配はありませんでした。あの者が一人で持ち出し、あの場所に隠したに違いありませぬ。ですが、御前は何故——」

「三十年前、ただ一度江戸に来ただけの者に土地勘のあろう筈がない。最近目安箱に投書するため江戸に来たとはいえ、まだまだ不案内であろう」

「ご炯眼《けいがん》でございます」

「下心がなにもないなら、それでよい。だが、なにか狙いがあって、埋蔵金を餌に儂に近づいてきたなら、その目的を知らねばならぬ。……敵を知るには、己の懐に誘い入れるのが一番であろう」

「恐れ入ります」

という言葉は、桐野の本音であった。

三郎兵衛の剛胆さには舌を巻くばかりだが、その剛胆さは同時に己を危うくする剛胆さでもある。

(困ったお人だ)

と思っていよう本心はおくびにもださず、

「ご炯眼でございます」

もう一度、桐野は言った。

五

「残りの金塊を精錬させましたところ、結局百両ぶんほどになりました」

稲生正武の口調はいつもどおりであった。

血の通っていないかにも見える無表情な顔つきも口調もいつもどおり。

芙蓉之間の静けさもいつもどおりであった。

「百両か」

鸚鵡返《おうむがえ》しに呟く三郎兵衛もまた無表情だ。そもそも、日頃から金のことにはあまり関心がない。

「そちも、わざわざ武州くんだりまで出向いて刺客に襲われる羽目に陥った割には、とんだ草臥れ儲けだったのう」

だがその途端、

「とんでもございませぬ！」

稲生正武は大きく頭《かぶり》を振った。

「百両もの金子を用立てようと思うたら、一体幾人の商人に声をかけねばならぬか……気が遠くなります。近頃は、商人めもめっきり吝《しわ》くなりましたから」

「そ、そうなのか」

その強い語気に些か気圧《けお》されながら、三郎兵衛は応じた。

「百両は大金でございますぞ、松波様」

「あ、ああ」

「しかし、こういう思いがけぬ実入りがあるのでしたら、検分も悪くありませぬな」

「そんなに金がほしいのか」

喉元まで出かかる言葉を、三郎兵衛は間際で辛うじて呑み込んだ。

大赤字の幕政にたずさわる者として、間違っても口に出してよい言葉ではなかった。稲生正武が貪欲に金子を求めてやまぬのも、すべては幕府と上様のためなのだ。

「金が入り用なら、また埋蔵金探しをするか、次左衛門？」

揶揄する言葉を口にするのはやめておこうと思うものの、どうしても我慢できずに三郎兵衛は問いを発してしまった。

「埋蔵金でございますか？」

稲生正武は少しく眉を顰める。

「ああ、埋蔵金の伝説は何処にでもある。この機会に、本格的に捜索させてはどうだ？」

「それもようございますが、本格的に探させるとなると、些か金がかかりますな。それに、此度は天領であったため、探索も楽でござったが、大名家の領地に、我らが無断で踏み入るわけにはゆきませぬし、そもそも懐が苦しいのはどの藩も同じ。自領内にある埋蔵金など、とっくに掘り出されておりましょう」

身も蓋もない稲生正武の言い草に呆れ、三郎兵衛はそれきり口を閉ざした。

（つまらん奴だ）

すっかり鼻白《はなじろ》んだ。

埋蔵金の与太話《よたばなし》が嫌いだと言っても、夢があるのは間違いない。埋蔵金の夢でもみ

ていればまだかわいげがあるものを、所詮《しょせん》稲生正武はどこまでいっても稲生正武であった。

※　※　※

船縁《ふなべり》からやや身を乗り出し、千鶴は夜空をふり仰いでいる。

弾ける火花がその顔を照らすのを、三郎兵衛は見ないふりをしながら盗み見た。

「おい、あまり乗り出すな。船が傾いて危ないだろう」

「大丈夫ですよ。隣の船の舳先《へさき》がピッタリくっついてるんですから、少しくらい傾いたって落ちやしません」

水面の中に手を入れて子供のようにバシャバシャと跳ねさせながら、千鶴は言い返す。

「これ、やめぬか。濡れるではないか」

袂を掲げて庇うようにしながら、三郎兵衛はあからさまに不機嫌な声を出した。三郎兵衛とは好対照に、千鶴のほうは満面の笑顔だ。

「だって、屋根船に乗せていただくなんてはじめてで……楽しゅうございます」

「人混みは嫌いだと言ったではないか」

「貸し切りの船に、松波様と二人きり。人混みではありませぬ」

「…………」

無邪気な顔で意味深長なことを言う千鶴に、三郎兵衛は本気で閉口した。

(よい歳をして……困った女だ)

気を鎮めるために、手酌で注いで、二杯三杯と重ねる。

「あ、これは気がつきませんで……」

すると、急に舷《ふなべり》から身を翻した千鶴が三郎兵衛の側に来て、酒器を手に取り注ごうとする。

「よい」

三郎兵衛はその手からすぐに酒器を取り返し、

「そなたは芸者でもなければ酌婦でもない。武家の女は、男に酌などせぬものだ」

断固として言い放った。

千鶴を、女として見ていないという宣言のつもりであった。が、千鶴は戸惑い、忽ち雰囲気が悪くなる。

思案の末に、三郎兵衛は白々《しらじら》しく話題を変えた。

「で、その後どうなのだ、大奥は？」

「はい、恙無《つつがな》く過ごしております。すべて松波様のおかげでございます」

あくまで明るく千鶴は応じた。

「儂は別になにもしておらぬ」

「…………」

素っ気なく言い返す三郎兵衛の顔をじっと見つめてから、

「あれからまもなく、お年寄の笹島様は上総《かずさ》の飯野《いいの》藩に御預《あずけ》となりました。なんの罪を犯したのかは、我らには知らされておりませぬ」

千鶴は顔つきと口調を改めて言う。

「何方かが裏で手をまわしたのでなければ、あり得ぬことでございます」

「…………」

「それと前後して、二番組頭《櫻》の父君、尾倉式部大夫様がご子息に家督を譲って若隠居されたそうでございます」

「ほう、そうなのか。ちっとも知らなんだわ」

「ご冗談を――」

「ちっとも知らなんだがしかし、隠居ですんだとはよくよく運のよい男よ。聞くところによると、尾倉式部大夫、かなり手広く悪事を働いていたらしいからのう。……蟄《ちっ》居《きょ》、閉門の上、御家お取り潰しでもよいくらいじゃ」

「私も、そう思います」

千鶴が強く同意したとき、船が不意にガタリと傾いた。

「きゃッ」

小娘のような声をだしながら体勢を崩した千鶴の体が、三郎兵衛の肩にしなだれる。

「申し訳ありません。隣の船とぶつかっちまいまして……」

艫《とも》からすかさず詫びを述べた初老の船頭は、無論銀二ではない。

三郎兵衛に頼まれれば厭《いや》とは言うまいが、銀二に頼むことは何故か憚《はばか》られた。千鶴のことも満更《まんざら》知らぬわけではないのだから、寧《むし》ろ銀二に頼むほうが自然だったかもしれない。

（いや、銀二は本職の船頭ではない。よりによって川開きの屋根船など、素人《しろうと》には到底無理だ）

無理にも己に言い聞かせなかったかといえば、嘘になるだろう。それ故、
(それみたことか。熟練の船頭ですら、この日ばかりは艪《ろ》をしくじる。素人に頼んで
おったら、それこそ船がひっくり返っておるわ)
無理に言い聞かせずともすむ言い訳が向こうから出来《しゅったい》してくれたことに、そのと
き三郎兵衛は心底感謝した。
感謝しながら、再び、あどけない顔で花火を見上げる千鶴の顔を盗み見た。いつま
で見ていても見飽きぬ顔だと三郎兵衛は思った。
(次の宿下がりのときも、うちに来るよう誘ってみるか)
思うものの、具体的にはどういう言葉で誘うべきか、残念ながらすぐには思いつか
ぬ三郎兵衛であった。

時代小説
二見時代小説文庫

無敵《むてき》の別式女《べつしきめ》 古来稀《こらいまれ》なる大目付《おおめつけ》9

二〇二三年 八 月二十五日 初版発行

著者 藤《ふじ》 水名子《みなこ》

発行所 株式会社 二見書房
〒一〇一-八四〇五
東京都千代田区神田三崎町二-一八-一一
電話 〇三-三五一五-二三一一［営業］
〇三-三五一五-二三一三［編集］
振替 〇〇一七〇-四-二六三九

印刷 株式会社 堀内印刷所
製本 株式会社 村上製本所

 ISBN978-4-576-23090-0
https://www.futami.co.jp/

藤 水名子

古来稀なる大目付

シリーズ

①まむしの末裔《まつえい》
②偽りの貌
③たわけ大名
④行者と姫君
⑤猟鷹《りょうよう》の眼
⑥知られざる敵
⑦公方天誅《てんちゅう》
⑧伊賀者始末
⑨無敵の別式女《べつしきめ》

「大目付になれ」──将軍吉宗の突然の下命に、一瞬声を失う松波三郎兵衛正春だった。蝮《まむし》と綽名された戦国の梟雄・斎藤道三の末裔といわれるが、見た目は若くもすでに古稀を過ぎた身である。「悪くはないな」──冥土まであと何里の今、三郎兵衛が性根を据え最後の勤めとばかり、大名たちの不正に立ち向かっていく。痛快時代小説！

二見時代小説文庫

藤 水名子

火盗改「剣組」

シリーズ

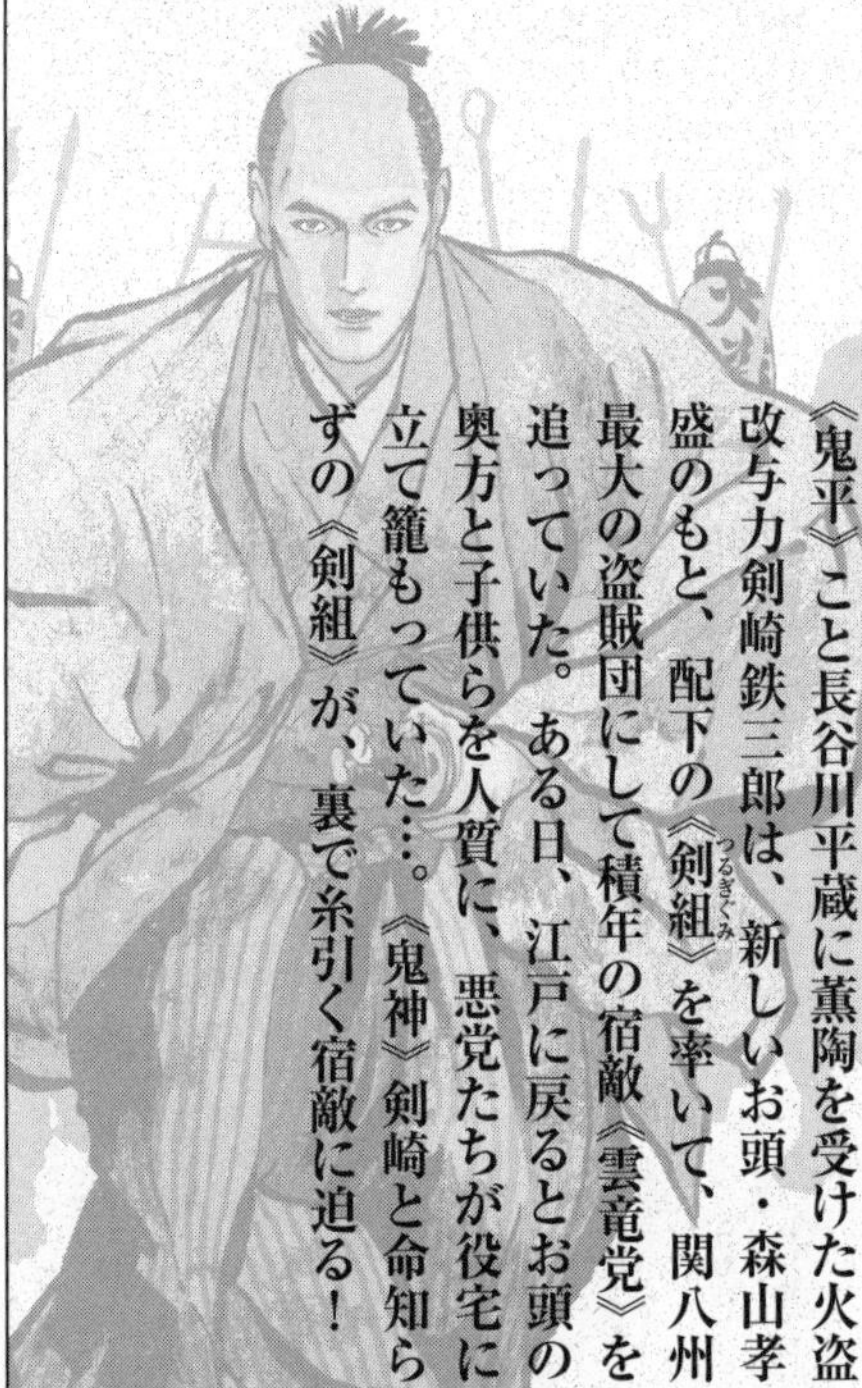

① 鬼神 剣崎鉄三郎
② 宿敵の刃
③ 江戸の黒夜叉

《鬼平》こと長谷川平蔵に薫陶を受けた火盗改与力剣崎鉄三郎は、新しいお頭・森山孝盛のもと、配下の《剣組《つるぎぐみ》》を率いて、関八州最大の盗賊団にして積年の宿敵《雲竜党》を追っていた。ある日、江戸に戻るとお頭の奥方と子供らを人質に、悪党たちが役宅に立て籠もっていた…。《鬼神》剣崎と命知らずの《剣組》が、裏で糸引く宿敵に迫る！

西川 司
深川の重蔵捕物控ゑ
シリーズ
以下続刊
① 契りの十手
② 縁《えにし》の十手
目の前で恋女房を破落戸《ごろつき》に殺された重蔵《じゅうぞう》は、悪党が一人もいなくなるまでお勤めに励むことを亡くなった女房に誓う。それから十年が経った命日の日、近くの川で男の骸《むくろ》がみつかる。体中に刺されたり切りつけられた痕があるのだが、なぜか顔だけはきれいだった。手札《てふだ》をもらう同心千坂京之介《ちさかきょうのすけ》、義弟の下っ引き定吉《さだきち》と探索に乗り出す重蔵だったが…。人情十手《じって》の新ヒーロー誕生！

二見時代小説文庫